黃竹山人集

〔明〕黃九皋 撰　陳志堅 點校

蕭山區文物局　蕭山區檔案館 編

ZHEJIANG UNIVERSITY PRESS
浙江大學出版社

史家橋大廳，區級一般不可移動文物，相傳爲黃九皋故居

甲科濟美坊，市級文保單位，記載黃九皋等黃氏家族科舉人物姓名

義方橋，市級文保點，爲黃九臯所建造

埭上黃家橋，區級一般不可移動文物，爲黃九臯所建造

西江塘，省級文保單位，黃九皋曾提議建造

蕭山縣城城牆，市級文保點，黃九皋提議並參與建造

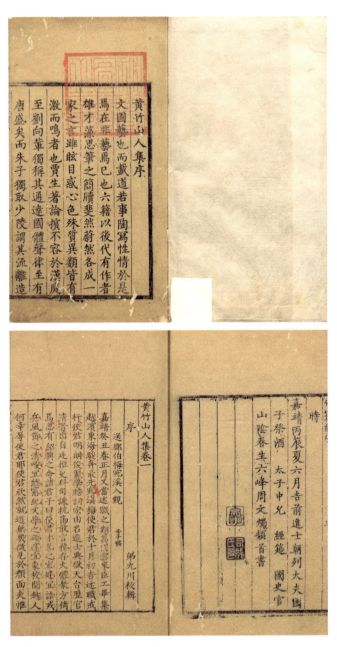

黃竹山人集序

文固藝也而載道若事陶寫性情於是
焉在非藝焉已也六籍以後代有作者
雄才藻思筆之簡牘斐然蔚然各成一
家之言雖眩目惑心色殊質異類皆有
激而鳴者也賈生著論擯不容於漢廷
至劉向輩獨稱其通達國體聲律至有
唐盛矣而朱子獨取少陵謂其流離造

黃竹山人集卷一

序

送鄒伯梅宛溪入覲

嘉靖癸丑春正月又當述職之期高皇帝定制工事集
趨濱東海駭奔就先先溪梅使君於十月初吉述天台鹽官
行使君明閩俊麗學詩家由名進士典存大雅象方倚
清思有延推文科司諫抗而欷言稿存大雅象方倚
馬恩有紹興之禁嘅之命諸君子曰侯諸君易一之宏建宜諳戎
兵風歈之清唆宜緫慧紀文學之雁窒東校閒越人
何幸辱使君耶使君欣然就道無幾復見於顔面夫惟

第九川校輯

李攀龍

嘉靖丙辰夏六月吉前進士朝列大夫國
子祭酒　太子中允　經筵　國史官
山陰春生六峰周文燭頓首書

《黃竹山人集》明嘉靖刻本書影

前　言

　　蕭山自古乃浙東首邑，地靈人傑，歷代名人輩出。在眾多歷史人物中，有一位明代官員並不引人注目，其既無賀知章、任伯年那般詩畫傳世，也無湯金釗、朱鳳標這般地位顯赫，却在 63 年的人生中，爲蕭山做出重要貢獻，留下好官名聲，此人便是黄九皋。

　　黄九皋（1507—1570），浙江蕭山埭上黄（今蕭山區蜀山街道知章村）人，字汝鳴，號竹山，明正德二年（1507）出生，嘉靖十七年（1538）考取進士，授工部主事，後任道州通判、鳳陽府通判、寧國府同知，以魯王府長史致仕。

　　黄九皋的政治生涯始於明嘉靖年間，嘉靖帝（1507—1567）在主政前期勵精圖治，通過推行新政、完善科舉、輕徭薄賦、整頓邊防等措施，取得了顯著效果，資本主義萌芽開始出現，史稱“嘉靖中興”。但在黄九皋步入仕途後不久，嘉靖帝崇信道教，專寵嚴嵩等人，導致朝政腐敗，邊防廢弛，明王朝開始走下坡路。黄九皋因性格耿直，爲民請命，處事公正，得罪嚴嵩黨羽，屢受排擠打壓，被迫離開工部，貶到河南、安徽、山東等地擔任虛職，最後毅然辭官回鄉。

雖然黃九皋仕途不順，但始終心系家鄉，無論是在工部任職，還是回鄉賦閒，都在爲蕭山各項事業奔走呼吁、出謀劃策。如爲減少浦陽江水患，提議修築西江塘；爲抵禦倭寇侵擾，提議並參與建造縣城城墻；爲使百姓出入方便，提議增開小南門，主持修建義方橋、埭上黃家橋；爲普及教育，開辦近學草堂、石淙書院等。其中西江塘、義方橋、埭上黃家橋至今還在造福蕭山百姓。縱觀蕭山千年歷史，能爲家鄉做出如此重大貢獻之鄉賢屈指可數。

近年來，蕭山區文物局會同蜀山街道辦事處逐年修繕了甲科濟美坊、義方橋、埭上黃家橋、史家橋大廳等與黃九皋相關的文物遺存，並籌備開辦黃九皋紀念館，以紀念這位剛正不阿、造福鄉里的清官，讓他的精神能永傳於世。

在收集黃九皋相關史料時，意外從海外發現收錄黃九皋作品的《黃竹山人集》，該文集由黃九皋之弟黃九川於嘉靖丙辰年（1556）集結刊印，共分序、記、絕句、五言、七言、風、書、賦、原行、祭文、雜著等十一卷，其中有大量篇幅涉及明代嘉靖年間蕭山政治、經濟、軍事、社會等方面內容，如有關城墻建造的《蕭山縣鼎建石城記》，有關稅賦政策的《蕭山三政或問》，有關坎山抗倭的《重新長山浦張神廟記》《長山末鼎建總制梅林胡公生祠記》，有關建造西江塘的《與巡按傅應臺西江塘水利書》等，同時還收録了黃九皋在遊覽蕭山湘湖、漁浦、航塢山、苧蘿山、文筆峰、蒙山東嶽廟、石巖、北幹山等地所作詩詞，以及其爲時任蕭山縣令的施堯臣、林策、魏堂、歐陽一敬等地方官員撰寫的文章，洋洋灑灑，蔚爲大觀，是研究明代蕭山地方史的重要文獻，具有很高的史料價值。

　　文物承載文明，古籍延續文脈。爲使深藏於館舍中的文獻爲世人所見所用，真正發揮其史料價值，蕭山區文物局與蕭山區檔案館合作對該文集進行整理出版，邀請浙江大學歷史學院陳志堅教授點校，唐依莎、孟佳恩等人注釋，力圖將原汁原味的明代典籍展現於衆，但由於資料和能力所限，本文集在整理、校注與編輯中的謬誤之處，還請諸位方家批評指正，當不勝感激。

　　　　　　　　　　　　　　　　　　　　　編　　者

　　　　　　　　　　　　　　　　　　　2024 年 3 月 13 日

整理説明

一、本書以日本内閣文庫藏明嘉靖刻本《黄竹山人集》爲底本整理。

二、本書原稿中的舊字形、异體字、俗體字等，整理後一般改爲常用字，少量不甚生僻而爲古籍所常用者則酌情保留。

三、本書原稿中明確的錯字，整理後一般用圓括號括出，訂正之字則置於六角括號内；其他文意不通、懷疑有誤、擬補文字等情況，則出校勘記加以說明。

四、本書原稿中因各種原因空白未寫或遇字迹漫漶者，以"□"標示。

五、整理後的文稿一般依今日文意理解酌情予以重新分段，不盡依原稿之舊貌。

目　録

黃竹山人集序

　　文固藝也，而載道若事，陶寫①性情，於是焉在，非藝焉已也。

　　六籍以後，代有作者，雄才藻思，筆之簡牘，斐然蔚然，各成一家之言。雖眩目惑心，色殊質異，類皆有激而鳴者也。賈生著論②，擯不容於漢庭，至劉向輩，獨稱其通達；國體聲律，至有唐盛矣，而朱子獨取少陵，謂其流離造次不忘君父，有風雅之遺。二賢所遭不同，而其憂時感遇大抵相似，斯皆有激而鳴者也。

　　蕭邑竹山黃先生，弱冠發科，已藉有時譽。比分署水部，歷湖南江北，竟以直道③難合，義不枉尺直尋④，坐是官不起。顧其宏才宿學⑤，忠憤壯懷，平生素所畜積⑥，不能自秘⑦，往往見諸詞章，譬諸岷嶓之水，沛爲長江巨川，黃鍾大呂之聲，隨扣則應，謂非有激而鳴也乎。

　　先生所爲詩文，散見四方，人多膾炙傳誦。近得其刻本，總十卷，則其弟九川⑧汝濬所彙集⑨也。問評先生之文，豐腴雅暢⑩，若行雲流水，而氣色與衆自別，望之鬱然蒼然。至其論政，體商世務，尤卓犖不詭，殆賈生之流亞

1

也。詩則希蹤陶李，而尤苦心少陵，已浸入其堂室。至其忠愛剴切，感嘆不遇，時與少陵相同，則又可爲先生心惻矣。夫賈生之才，洵美⑪矣，使其說盡用於漢庭，則他日《吊屈原》等篇可以無作；少陵嘗自比稷契⑫，而終身流落，意有感觸，輒寓之詩，故其述作至晚年益工。豈文章功業，人各有分，不得於彼則益專於此。所以增益不能者，將在是與？天不使先生盡攄⑬所學，以黼黻⑭皇猷而和鳴國家之盛，顧使勇退急流，負才拂鬱⑮，以益工其文詞，爲賈生、少陵之有激，庸非命哉？然二賢身雖窮，其可傳者固在。知先生者，必以斯集爲可傳也已。

先生姓黃氏，名九皋，字汝鳴。登戊戌進士，以國相乞休。黃竹，其所居山也。文燭幸辱親舊，素知先生者，遂僭題于簡端。

時嘉靖丙辰夏六月吉，前進士、朝列大夫、國子祭酒、太子中允、經筵、國史官、山陰眷生六峰周文燭⑯頓首書。

注釋

①陶寫：怡悦情性，消愁解悶。

②賈生著論：賈誼著《過秦論》。賈誼年少成名，十八歲時以善文爲郡人所稱。文帝時任博士，遷太中大夫，但受朝臣周勃、灌嬰排擠，謫爲長沙王太傅，故後世亦稱賈長沙、賈太傅。

③直道：正道。指確當的道理、準則。

④枉尺直尋：枉，彎曲。直，伸。尋，古代長度單位，約八尺或七尺。枉尺直尋指彎曲一尺而能伸長八尺。語本《孟子·滕文公下》：枉尺而直尋，宜若可爲也。比喻損失小部分以保全大範圍。

⑤宏才宿學：學識淵博且修養有素的學者。

⑥畜積：積聚；積儲。

⑦自秘：秘而不宣。

⑧九川：黃九皋弟，字汝濬，號海門。廩貢生，授山陽訓導，升六合教諭。

⑨彙集：合輯成册。

⑩雅暢：典雅流暢。

⑪洵美：優雅的詞藻。出自《詩經·邶風·静女》：自牧歸荑，洵美且异。

⑫少陵嘗自比稷契：典出杜甫之詩：許身一何愚，竊比稷與契。稷與契，皆上古賢臣，稷是後稷，古人奉爲穀神；契，傳説是舜時掌管民治的大臣。

⑬攄：施展。

⑭黼黻：《淮南子·説林訓》：黼黻之美，在於杼軸。高誘注：白與黑爲黼，青與赤爲黻，皆文衣也。多指帝王和高官所穿之服。此處借指華美的文辭。

⑮怫鬱：心情抑鬱不暢快。

⑯周文燭：山陰人，國子監祭酒，與黃九皋結爲姻親。

卷一　序_{弟九川校輯}

送郡伯^①梅宛溪^②入覲_{壬子稿}

　　嘉靖癸丑春正月，又當述職之期，萬國雲來，臣工畢集，越濱東海，駿奔最先，宛溪梅使君於十月初吉述職戒行^③。

　　使君明朗俊麗，學贍詞宏，由名進士，典獄天台，歷官清署，出自廷推^④，吏科司諫^⑤，抗節敢言，務存大體，衆方倚焉。忽有紹興之命，諸君子曰：使君才略之宏健，宜詰戎兵；風節之清峻，宜總憲紀；文學之碩邃，宜秉校閱。越人何幸，辱使君耶？使君欣然就道，無幾微見於顏面。夫惟德量器度，素有定見，故處内處外，在上在下，無施不可，所謂“澄之不清，淆之不濁”，謂不賢於人遠矣乎？蒞任以來，務義安命，直以古之人自期。律身冰檗，門無私干；剖决如流^⑥，事無停滯；隱瘼^⑦畢達，下無遺情；訊讞惟允，民自不冤；作人有道，士俗丕變；清量田土，貧無逋税；均平里役，富無倖免。是以財賦不督而輸，地方不輯而弭⑧，士民不諭而孚，使君德政，列傳未易殫也。曩日⑨海寇臨境，沉思所及，防禦得宜，使節所麾，獨挫其銳，即不樹有奇勳，而賊膽落宵遁，全越之民背始帖席⑩。自非使君威德，孰鎮定哉？是蓋屠龍伎倆，探虎功名，雄聲壓境，海不揚波，比之蝗飛虎渡⑪，惠益弘矣。

　　茲行也，明試之功，方略之上，精誠之獻，使君之所自盡，皋之私；車服之庸，干城之寄⑫，股肱心膂⑬之付托，則聖君賢相之所必加，亦皋拳拳之私。蓋風節聞望，素所推重，而館閣⑭臺憲，須材甚殷，理固然也。惟願使君，再許借冠，自天回越，虎符麟珮，露冕行春于湘湖剡曲之上，海濱民士，端有望焉。正德間，南坦劉公⑮守越三月，而越民思之不衰，同漢一錢太守，稱大小劉公，鼎建生祠，並稱尊俎⑯。五十年間，南坦翁台階清望，鶴步朱顏，視越之民，始終如一。越人無他可稱，惟感恩懷德，久弗替者。今日敬祝南鎮之神，幸爲我輩繳福，于使君康莊景會，如大小劉公焉。越之人宜如何報也？豈但攀轅臥轍⑰，一時瞻戀之私哉？

　　皋後鄉先生之齒，承乏序之，以爲奚囊⑱贈。

注釋

　　①郡伯：明清時稱知府爲郡伯。

②梅宛溪:梅守德(1510—1577),字純甫,號宛溪,人稱宛溪先生,宣城(今屬安徽)人。明嘉靖二十年(1541)進士,授給事中,曾爲浙江台州推官、户部主事、山東學政、雲南參政。因忤嚴嵩出任紹興知府。梅守德精研理學,是"宣城心學"奠基人之一。

③戒行:啓程,出發上路。

④廷推:明代任用高級官吏,凡由朝臣推薦,經皇帝批准任用的,稱"廷推"。

⑤司諫:官名。《周禮》地官之屬,主管督察吏民過失,選拔人才。後世爲諫官之通稱。

⑥剖決如流:形容分析、解決問題明快、敏捷。出自《隋書·裴政傳》:簿案盈几,剖決如流。

⑦隱瘼:隱藏的民間疾苦。《説文解字·疒部》:瘼,病也。

⑧弭:安撫。《史記·田敬仲完世家》:夫治國家而弭人民皆在其中。

⑨曩日:昔日。

⑩帖席:貼卧席上。指安穩。

⑪蝗飛虎渡:中古史籍中常以蝗蟲出境及猛虎渡河現象表示地方官吏施行德政的結果,後常以蝗飛虎渡連用,用於表彰地方良吏德政。

⑫干城之寄:指作爲國家捍衛者的寄托。

⑬股肱心膂:比喻親近得力之人。

⑭館閣:北宋有昭文館、史館、集賢院三館和秘閣、龍圖閣等

閣,分掌圖書經籍和編修國史等事務,通稱"館閣"。明代將其職掌移歸翰林院,故翰林院亦稱"館閣"。

⑮劉公:劉麟(1474—1561),江西安仁(今江西省鷹潭市餘江區)人,家居南京,字元瑞,一字子振,晚自號坦上翁。博學能詩文,與顧璘、徐禎卿並稱"江東三才子"。弘治九年(1496)進士,除刑部主事。正德間爲紹興知府,以不謁謝劉瑾,罷官爲民。瑾誅,再起,累官工部尚書。

⑯尊俎:古代盛酒肉的器具。尊爲酒器,俎爲載肉之具。也作"樽俎"。

⑰攀轅臥轍:拉住車轅,停在車道上,不讓車走。舊時指代挽留好官的諛詞。出自沈約《齊故安陸昭王碑》:攀車臥轍之戀,爭塗不忘。

⑱奚囊:貯藏詩集的袋子。

送縣令施華江^①入覲_{壬子稿}

曾記昔年之應朝也,束裝戒行,理舟備費,縣無虛日,戶無寧丁,所辦者繁,而累者衆也。今歲,華江施邑侯^②,科場校士^③,修文任勞;都臺海巡,隨行經略^④;臺察檄台,清查巡務。凡晝理夜歷,事竣回邑,曾未迅宿。捧册渡江,萬里朝天,兩袖清風而已,無輕舸,無別裝也,聞者以爲高潔。

皋曰：不然。使君生鍾九華之秀。嶽降生甫⑤，山川發祥。《詩》《傳》有之，不可誣也。夫山或焦而赭，或阜而獨。雖灌木連雲，長松駕壑，其地力物産，止供野夫之需而已。豈若上睇日月，下覷雲雨，清泉迸石，翠霧凝空，若九華諸峰者哉。太白詩曰："天河掛綠水，繡出九芙蓉。"牧之詩曰："凌空瘦骨寒如削，照水清光翠幾重。"夫以李杜品藻，似欲模寫其清麗而未能盡者，則山之靈異可知。使君鍾祥孕靈，挺立傑出，清心寡欲，攻苦食澹⑥，乃其性成，殆非勉强所可及者。觀其獨處官舍，絶無私交，清夜籌書，丙枕不寐⑦，晨粥午飯，侑以青菹⑧，三宿一肉，例不敢越，服器敝匱，一宅不葺。（瓠）〔瓵〕翰時自執勞，蒼頭⑨支戶不知有官容，知有意外之營〔一〕，堅苦一念，可質鬼神，古之人或不是過矣。及出公庭，剖决如流，刑獄之訊，參錯惟允，洞察肺肝。一政之行，主張惟義，捷於桴鼓。豪右市俠，不假毫髮，屏跡改行；而衰殘老幼，訴直求療，撫而巡之若己出。邑之宿逋起于田賦之不覈也，執清量之册以律之，賦有常數，不督而自辦矣；里甲病于貧富之不均也，裂富人之田以承之，田有常數，分任而趨事矣；糧役苦于全區之破産也，輸各里之該催領之，歲有定役，踐更而任輕矣。三政議之百年，未易興舉，使君下車半載，毅然行之。訟息賦均，較若畫一，無偏無擾，帖然相安。至於委用得人，潛驅海冠，談笑而揮之，不假餘力焉。自非公生明，廉生威，而能若是神速哉？責己者厚，人者輕；律己者嚴，人者恕。是故，以之事上，則惠而恭；以之使下，則和而祥；以約僚佐，則肅而化。己瘠而人肥，己勞而人逸，未有旨蓄甘食之養，而煉形癯鶴、神采清麗，殆獨稟九華清淑之粹，而揚眉吐氣，激昂清霄，與人人殊，有自來矣。

兹行也，孤風動于朝野，粹行重于縉紳。《謙》之九三曰："勞謙君子，萬民服也。"《升》之六五曰："貞吉升階，大得志也。"勞而能謙，正而能守，人之所與，天之所畀也。自此而升，有餘地矣。使君其自愛哉！夫亨衢萬里，旋天而扼海，存乎所遇；而從容暇豫，莊簡凝重，以俟休命，則存乎人焉。使君行矣，其善自愛哉！

皋方抱甕灌畦，風聽爐采。九華之神，料應默喻我遐祝微意。

校勘記

〔一〕知有意外之營　據文意，疑當作"不知有意外之營"。

注釋

①施華江：施堯臣（1514—1606），字慶甫，號華江，明代安徽青陽縣（今安徽省青陽縣）人，嘉靖二十九年（1550）進士。初任蕭

山知縣,明蕭山無城牆,屢遭倭寇竊掠。他竭力籌措築城,數月竣工,兵憑城守衛,民賴以安居。在任三年,廉政愛民,輕徭薄賦,獎勵農耕。

②邑侯:指縣令。

③校士:考评士子。

④經略:謀劃。

⑤嶽降生甫:借指有奇才降臨人世。出自《詩經·大雅·嵩高》:嵩高維嶽,駿極于天。維嶽降神,生甫及申。

⑥攻苦食澹:比喻日子艱苦。

⑦丙枕不寐:不到三更不入睡。丙指三更時分。

⑧葅:腌菜。

⑨蒼頭:指奴僕。

清水篇送水利僉憲胡石屏①參湖藩 _{癸丑稿}

夫水為五行之一,而天一所生。又五行之首,仰承帝澤,浸涵寰宇,裨益世道,為功甚大。而奠淵軌度,於政甚難。以順為道,以鑿為戒,經傳昭示,若易易然者。而古今異時,風土異宜,溝防異制,民性異俗,得其道,則灌溉物植,澤潤生民,否則泛濫莫制,潦涸匪時,莫可言者。

浙濱東南,江海之匯,專設憲臣②,督理水利,兼董屯詰寇,奉敕行事,制也。夫水以利為名,敷其餘以利屯,謂其能澤田也。而奸寇之詰，得非汪洋浩博之區，奸人亡命所窟宅乎哉？治水之政固難，而屯寇兼清，茲益難矣。邇年江潮曲折而上，北薄海寧，南薄蕭山，駁蝕爲患，盧蕩席掛，民之生理去矣。湖州劇寇江天祥久據天目之險以抗王師，守臣莫能控制。石屏胡公，蜀之明賢，凝重内定，樸茂静思，厓角不露，而料理顧慮，井井有條。親詣寇穴，諭以恩信，率其來而正之法。海寧伐石爲堤，迄于海鹽，屹若崇崗。屯官餉卒，與得利之民，子來樂成，不知有工役也。蕭士議爲石堤捍潮、石城捍寇，言人人殊。公省堤，非歲葺不可，貧民歲辦不敷。爰爲定規，俾有司時葺而屢省之，緩徵民財數萬，閭閻受福不知所從來者。至于平賦理訟，柔遠輯强③，風采足以消邪心，清操足以廉薄俗，真如澄清徹底，甘露澤物。浙人浥彼注兹①，而日用飲食不能忘矣。由草野之見，以符銓衡⑤之聞，公之令望，宜乎浙人不得專而奪之楚也。

夫蜀之岷嶓，水之源也；楚之雲夢，水之會也；浙之東瀛，水之委也。蜀則涵養静深，浙則澄清湛澈。優于臬，固知優于藩也。公邃學精識，材優激揚，天下事籌之熟矣。但楚地廣控遠，襄漢疲于奔役，荆南頻于水災，辰沅勞于防禦，星沙困于豪俠，永郴苦于理猺，鄉聚寥落，人無菜色，皆思勺水之潤，以沃久渴之吻。公以所涵養于蜀，澄清于浙者，而流衍布漫于瀟湘江漢之上，敷德布令，陽春襲物，煦煦流澤所被。公將不久澄清于楚，又見由中而奪之，冰銜玉署之上矣。說者謂筭子坪⑥之苗，鳥言獸心，數爲辰沅⑦之患，是亦不食之井泥也。泉浚則洌，而濁者清，爲甘井，爲寒泉，食可用汲，全楚當受其福。况環以永順保靖之襟帶，鎮以九溪五開銅鼓褊橋之虎旅。公以所施于天目之妙算，而閒整戎機，調給餉饋，從容除治，坐收天潢洗甲之奇勳，固餘事耳。

　　皋所欲言者，元公故里，舂陵蒼煙，衰草之間，生芻明水⑧，幸爲深致意焉。月巖濂溪諸孫，將有繼起者矣。

注釋

　　①胡石屏：胡堯臣，號石屏，字伯純，重慶府安居縣（今重慶市銅梁區安居鎮）人。明嘉靖十七年（1538）第三甲賜同進士出身，授大理寺評事。升任浙江僉事，任上平定浙江盜賊江天祥之亂，升任湖廣參政，又擒殺巨盜趙朝勝，升副使。任浙江布政使時，積極懲處與倭寇勾結的内地奸民。官拜副都御史，至河南巡撫。

　　②憲臣：御史。

　　③柔遠輯强：對遠人加以安撫，對强者加以平定。

　　④挹彼注茲：指代取一方以補另一方。《詩·大雅·泂酌》：泂酌彼行潦，挹彼注茲，可以濯罍。

　　⑤銓衡：考核品鑒。

⑥篁子坪：今屬湖南省湘西土家族苗族自治州鳳凰縣。

⑦辰沅：明代設辰沅兵備道，駐沅陵，以治苗民。

⑧生芻明水：稱贊品性清澈的賢者。

縣齋述言 <small>壬子冬，萬二尹①作</small>

　　鵬讀竹山先生贈華江堂尊之文曰"三政議之百年，未易興舉，使君下車半載，毅然行之，訟平賦均，較若畫一，無偏無憂，帖然相安"而竊疑之，因請問焉：覈匿田以出糧，裂富人以承役，宜乎民之未便也，而民樂之。何耶？

　　竹山先生曰：隱田而匿稅，則稅累無產之民；富家而役輕，則役及貧難之戶。故先清田糧，繼均里役，則賦役適均，貧富安分，民亦何辭？自今十年，里長皆丁糧②相應之家，該催之年承領糧役，十年踐更，周而復始，彼此交收而無折閱之患，分任責成而無獨累之憂。先年欲行而中止者，以里役之不均；里役之未均者，以田糧之未清也。華江邑侯，適當江村沈郡伯清理田糧之後，乘時際會，動中事機，惟斷乃成，斟酌當可，蕭民百世之緣，在此舉矣。彼有不便于民者，甲可乙否，則調劑之難；不正其身者，畏首畏尾，則自信之難；不信于上者，跋前疐後③，則見知之難。此三難者，皆內不足也。華江先生，嚴于律己，慈以便民，誠以格上，所以宅心處事者，有定見矣。宜其令行禁止，而人無間言哉。

鵬聞是言，歸檢三政始末而讀之，則見其撥亂補敝，用心勞矣；原始要終，籌慮精矣；推己及民，愷悌切矣。二公官不同時，而爲民之心一也，其發端也似乎駭觀。比申命也，而自心服；及事竣也，人人安焉。故曰：凡民難與慮始，可與樂成。聖賢得民之難，自古爲然。及政成化浹，算計見效，輿人頌之，後人思之，不能忘矣。闔邑耆民，願壽其事，以垂不朽。

鵬捐俸梓之，具述其説于末簡。

注釋

①萬二尹：萬鵬，合肥人，歲貢，嘉靖二十九年（1550）任蕭山縣丞。

②丁糧：按人口所徵收的糧税。

③跋前疐後：指進退兩難。出自《詩經·豳風·狼跋》：狼跋其胡，載疐其尾。

送趙和庵寧國府入覲

長沙和庵趙公，以侍御出守宣郡之三載，爲嘉靖己酉冬，循例以述職行。

　　夫公之涖宣也，操斷畢措，隱微畢睹^①；廉净檢律，始終惟一；撙節愛養，二篇用享^②；正直忠厚，四知長晝；衡鑑僚屬，矩度惟肅；比律擬例，平允庶獄。好惡以公，而斟酌當可；於己處之，而物曲不踰。是以教化行而民志定，上下信而不可携矣。宣父老聞公之行也，山鄉扶杖而出，攀轅卧轍，瞻望道左，咸欲認使君一面以行，蓋戚戚焉不忍去也。相聚謀曰：無物可以獻公。迺衰縉紳之頌述，閭里之永歌，以揚繪功德者，凡若干卷。於戲！備之矣。予何言哉！

　　曩予之役于楚也，循夢澤，泝瀟湘，登衡岳而南，豈非中州之鉅觀哉？昔韓退之稱：中州清淑之氣，於此焉窮。必蜿蜒扶輿，磅礴而鬱積。^③其水土之所生，神氣之所鍾，金銀沙石、珍怪名材之産，不能當也。意必有魁梧奇傑材能之士出於其間。退之言必不虚。夫蒲阪^④、㳂洛^⑤、岱霍^⑥汶泗之間，中州清淑之氣萃焉，古聖賢生焉。衡夢之交，山高而水深，清淑之氣於此焉窮，所産豈特魁梧奇傑士哉！不有大賢命世之才以繼古聖賢者乎？皋侍公左右，又將一載。頌公言論，觀公行事，以察公之用心，蘊蓄定矣。汪度雅量，廣傳宏深，寬而節制，簡而沉然，懷遠茹澹，古貌古心，公之胸次，洞庭雲夢之曠達也；本源澄澈，冰操苦節，不邇聲利，克勤小物，苟可及民，靡愛膚髮，公之志向，瀟湘濂淥⑦之澄清也；偉觀玉立，秉心塞淵⑧，霜臺風采，畿輔來宣，强禦屏跡，矜寡宴然，公之風節，衡嶽七十二峰之嶙峋也。要之，人傑地靈，地以人勝，得山川之秀者特異。是以砥礪名節而力行教化，政務大體而不事煩屑。今日一郡之宰，殆小試其素養之緒餘耳。他年燮和贊化⑨，算計見效，又不知縉紳若而人，氓叟若而人⑩也。且公昔爲侍史，典樞秉，則其地甚要。睹公步趨，駕簫在目；聞公聲音，骨鯁在耳。天威咫尺，不啻不違耳矣。

然則是行也，覽公政績，紀公遺直，留參大政，可預卜也。然皋有説焉：述職之禮，非徒行也。旌淑別慝⑪，去奸警惰，將以彰法守而嚴吏治，俾四海一心而士俗向慕，所繫非淺淺者。畿輔合藩臬⑫之權而專制焉，必核於采詢，哲於品評，公於取舍，而後可以合天下之興情，激揚振勵，斯亦難哉！公之言動惟法，好惡如理，佞己匪喜，絶人必矜，人品不齊而衡鑑素平矣。吾知舉一人也，真足以表章潛德而未舉者勸；錯一人也，真足以膽落奸佞而未錯者懲。然後無廢于法，而無負于兹行。兹固公所留意者。乘諸君之誼，推是説而序之。

注釋

①隱微畢晰：指做事認真負責，事無巨細。

②二簋用享：指飲食過於簡樸，遵守本分。

③韓愈《送廖道士序》：衡山之神既靈，而郴之爲州，又當中州清淑氣，蛇蟺扶輿，磅礴而鬱積。

④蒲阪：今山西省永濟市。相傳虞舜在此建都，春秋時屬晋，戰國時屬魏，西漢改稱“蒲反”，東漢復舊，隋煬帝大業初併入河東縣。

⑤沔洛：沔指沔水，洛指洛水。

⑥岱霍：岱指泰山，霍指霍山，即衡山。

⑦濂淥：今湖南省的濂溪和淥水兩支河道。

⑧秉心塞淵：篤厚誠實，見識深遠。晋袁宏《三國名臣序贊》：公衡仲達，秉心淵塞。媚兹一人，臨難不惑。

⑨爕和贊化：協和贊助。

⑩若而人：若干人。

⑪旌淑别慝：甄别良善與奸邪。出自《尚書・畢命》：旌别淑慝，表厥宅里。

⑫藩臬：指藩司和臬司。明清兩代的布政使和按察使的並稱。

送鳳陽太守葛柳泉①憲副江西戊申稿

嘉靖戊戌科，予同金城葛柳泉試政于春官氏②。敷誠崇雅,悃愊無華③,仔肩玉立,嚴整柔嘉,是以知柳泉賦質之本純也。既而予以憂居,比五年而服官東曹,則兄自大行而司諫垣①矣。謀猷朝夕,風采朝堂,舉劾案章,休烈有光,是以知柳泉持法之嚴明也。既而予外佐舂陵而起倅于鳳陽,則兄以鳳陽太守而拜江西憲副之命矣。

予至之日,鄉士大夫、諸生耆舊⑤、泊山林之羸老,連屢而進,咸願留公。比其行也,攀轅臥轍而不忍舍去者。柳泉亦何脩而得此耶?同寅⑥左東河氏、張樂吾氏、林心泉氏,出李東崗氏所集民之父母卷而批示焉。中所集者,撫按諸上司旌賢褒禮之詞凡十六道,無非曰廉、曰慎、曰勤、曰釐革積弊而俯詢民瘼⑦云者。則公之得民,要必有其道矣。鳳陽為高皇之故里,而淳祖之陵樹在焉。近親近臣,素號難治;八衛⑧坐食⑨,未易得心。兼以十八州縣之事,水路南北之冲,其間供費之繁,出納之際,非獨下之人張口而哺,亦在上者脂韋⑩而莫振耳。自兄之蒞茲土也,一洗相沿之陋而聿新之。驛遞支費有常額也,按時而給,既月而考,無容私焉,則供饋豐而不竭,力役均而不勞矣。衛所月糧有部使也,公會而收,及時而發,無折閱焉,則有士飽馬騰⑪之休,無脫巾求糧⑫之嘆矣。他如訟者平而受理也,賦者均而不爭也,冤者白而無抑也。部使守監留司,相接之體,自公下車之後,而體統以正,倫序以明,嘉會有禮，不相凌奪。蓋出納明允，而名實以孚；心膈披露，而上下無乖。百順之端，皆由于此。而境内悦服，所必致者。自公之先守兹土者若而人，先公而陟官者可紀也，先公而散黜⑬者若干焉。予見京師諸士大夫語及鳳陽守，率摇手閉目，曰：非所宜。是以鳳陽爲崇地，而不知自立之道也。《傳》曰："天定勝人，人衆亦能勝天。"《書》曰："惠迪吉，從逆凶，惟影響。"⑭此立人之道，所當自樹者也。鳳陽士民，望公久矣。

兹行也，寔挽而留之莫可得者，不知去後之思益若之何？亦不知公之去也，其留惠于鳳陽者亦若之何？則上下之孚，用心之厚，君子所宜自盡也。

皋不佞，第述所聞于同列者以爲贈。若紀烈揚休，觀風闡幽，則諸上司之薦剡，諸士大夫之詩章，田里童叟之謳歌，備之矣！予何言。

注釋

①葛柳泉：葛廷章，字朝憲，號柳泉。蘭州人。丁酉舉人，嘉靖戊戌科進士，任行人、户科給事中。嘉靖二十四年（1545），擢南直隸鳳陽知府，多善政。官至江西按察司副使。

②春官氏：禮部的别稱。

③悃愊無華：質誠而不虚華。

④諫垣：諫官官署。

⑤耆舊：德高望重者。

⑥同寅：同僚。

⑦民瘼：民衆的疾苦。

⑧八衛：中都留守司是明初洪武年間中軍都督府下的軍事機構和軍事行政區劃單位。下轄八衛一所，分別是鳳陽右衛、鳳陽中衛、皇陵衛、鳳陽衛、留守左衛、留守中衛、長淮衛、懷遠衛和洪塘千户所。

⑨坐食：不勞而獲。

⑩脂韋：指爲人阿諛圓滑。

⑪士飽馬騰：軍糧充足，士氣旺盛。

⑫脱巾求糧：脱下頭巾，乞求糧食，指軍糧匱乏。

⑬散黜：罷官。

⑭惠迪吉，從逆凶，惟影響：出自《尚書·大禹謨》。順應天道而行，招來吉祥；違背天道而行，招來灾難，吉凶之報，如影隨形。

送王一川道州入覲_{丙午稿}

皋昔備職尚書郎署，以罪落職。初聞道州之命，同署者相率而慰予曰："道州，古之有庳，舜之所以處傲象也。奚以居子？"初蓋未知所云也。已而慰者曰："道州，楚之南鄙，兩廣邊壤之交，猺獠出没之地也，三苗弗庭，鬼方三

伐，營道寔當其冲，而控禦之難；三載旱暵之餘，癘疫^①及
境，加以豪强之梗化，訛言之扇亂，前守之踣抑者，歷歷可
紀，而撫摩之難。道州，豈君所居哉?"予曰：不然。濂溪，
夫子之故鄉也。非其地之多賢而奚以得之？官于道者，
元次山、陽刺史、寇萊公；寓于道者，范忠宣、蔡西山諸公，
班班可考。過化之地，豈無流風善政之存？而服官兹土，
可無神交仰止之懿？奚有于地，亦爲之而已。越明年，始
服官于道。入其境，則民俗簡樸而親化，士習醇謹而知
學，里居士姓恬退而守禮，境外蠻俗慕義而向風。乃知目
所親見，殊非昔日之所聞也。何脩而得此哉？請問於州
長一川王子，笑而不答，方遜碩膚^②。州膠諸生乃作而進
曰：風俗丕變，皆太守更化善治之休，不可泯者。迺稽其
施，爲之序，得其詳焉。

　州之西南，率多猺洞，單騎詣之，諭以禍福，結以恩
信，誘之下山，授之種犢，俾就耕耨，漸以羈縻^③，邇年猺患
底寧，室家無恐，其柔遠有如此者；三年旱疫，徒步躬禱，
秉香路拜，茹素齋居，以分疾苦，多方賑恤，加志窮民，其
及民有如此者；學校久廢，日漸興舉，濂溪書院，修葺有
加，公暇登諸生而進之，發明經學，砥礪文章，周其不給而
匡救其非，其率士有如此者；至于賓興賢良，勸駕造士，禮
意兼降，眷顧稠疊，里居之賢者，優以殊禮，齒德之尊者，

延置賓筵，寧使有餘在己，不必失爲在人，其待賢有如此者。三載治化，民俗丕變，有由然矣。予乃知風聽之言固不足信，而神交仰止亦有先得我心之同者。坐而嘆曰：一川王子之柔遠者，萊公攘寇之遺法也；之及民者，陽刺史撫字之遺愛也；之作士者，濂溪先生風化之遺教也；之尚賢者，元漫叟養民禮賢之遺風也。而忠宣西山諸先哲之嘉言懿行，日常聞之，鳴鶴在陰，其子和之。爾我同心，不期若此，奚贅詞哉！今循例入覲，兼載三年之政，以報于天官氏④。蓋請于監司，得允而如其願。十月十一日起行，僚屬士民送者闐郊郭⑤，且望其來。予曰：河內借寇，益州迎趙，自古有之，亦惟聖天子久任圖治休德，豈敢必哉？顧一川不自滿假，盛心則亦吾輩之所深嘉者，抑《易》有之："勞謙君子，萬民服也。"言斯民之易感也。"恒亨利貞，久於其道也。"言政之貴有恒也。不以民之感者自足，而以有恒之政期于無窮。則他年春陵史筆，尚當磨牙巨書，與元、陽諸君並傳，不亦韙哉？一川王子曰：教我矣。

　　州膠諸生序次其言，以爲行囊贈。

注釋

　　①癘疫：瘟疫。

　　②方遜碩膚：儀態美好。

③羈縻：籠絡，控制。

④天官氏：《周禮》記載：分設六官，以天官冢宰居首，總御百官。唐武后光宅元年(684)改吏部爲天官，旋復舊，因此後世亦稱吏部爲天官。

⑤郛郭：指外城。

送吳草堂教諭長沙_{丙午稿}

竹山黃子謫官春陵之明年，蒞州事，時則州長一川王子、司訓草堂吳子，與諸生逆諸郊，且詢曰：先生自京署而來春陵，道里計且八千，無遺先聲，若從天降，抑取何道而至也？曾經瀟湘雲夢之險乎？曰：縱觀之矣。曾陟衡岳熊羆之巔乎？曰：親歷之矣。相與談三楚山川之秀，俯仰古今，商榷時務，把酒賦詩，傾肝露膈，一時交遊，頗爲相得。

既而一川循例將有入覲之行，草堂又有長沙教諭之擢。聚散不常，情不容已，乃集諸生餞于郊。吳子率諸生而進曰：何以教泮？予惟星沙之士，猶春陵士也。官有崇卑，地有大小，而心同彼此，學同教學。以所以教皖城、教春陵者而施之星沙，何不可之有？草堂產于聖賢之鄉，素省臨川之學，一見奇之。造而廬，頹垣破壁，自甘澹泊，守亦苦矣;扣而蘊,出經入史,議論侃侃,氣亦壯矣。顧而諸生相勉于道誼,砥礪于文章,莫不心服師訓,教亦可謂得人矣。嘗署而門曰:"破屋傍濂溪,霽月光風常在目;寒氈坐元石,回琴點瑟每盈門。"亦志其常,非過情者。乃者之赴長沙,其將陟熊羆、登衡嶽以爲道乎?亦將沿瀟湘、望雲夢以爲歸乎?大丈夫風節無適,非熊羆衡嶽也;大丈夫胸次固八九,瀟湘雲夢也。風節不立,則模範先撥,律度不張,身失爲教,士失爲學。故曰:願士大夫有此名節。又曰:師道立則善人多。高明俊偉,俏麗嶙峋,特立而不變,若衡嶽諸峰然,顧不矯哉?而草堂浩乎其氣,殆不少焉。胸次不廣,則善進否拒,立畦寡諧,賢者易足,愚者自棄,故曰:敬敷在寬。又曰:優而柔之,使自求之;厭而飫之,使自得之。容民畜衆,淵沉默渾,涵弘而兼納,若雲夢之諸澤然,顧不大哉?而草堂廓乎其容,殆庶幾焉。乃若與士之科條,則三閭有忠憤之騷經焉,賈傅有治安之三策焉,嶽麓有宋儒之章程焉。石鼓之遺跡,衡嶽之講義,皆長沙諸士之所聞。而折衷之以嘉惠來學,則草堂所得于鄉先生者素定矣,奚待予言?一川子曰:先生之所教,草堂昔日之所問也。同心之言,其臭如蘭。盍志之?

　　庠生李鏜、何虞、何一達、何世錫、沈杖等序次其言而登于軸。草堂欣然而起曰:謹受教。諸生投文于囊,而車騰馬馳矣。

奉迓①張玉泉②郡伯 庚子春，代林丹峰作

自封建之制不行，而列壤千里，郡設牧伯③。統領下邑，俯察民隱，上其政於六曹，視古侯國加隆焉。是故牧伯之行，屬吏賴之而綱領，生民視之而休戚，下之仰於上也恒切，而上之得乎下也尤難。

越，浙之巨邦也。近方潦於洪水，民不聊生。廷論難其治，僉曰：司寇大夫玉泉張先生之在吳江也。愷悌不殺之德，渾厚博大之學，簡易和平之資，端緒見諸政事而勞績乎于上下，謳歌之聲，洋溢道路。君子曰：恭敬以信而民盡力，忠信以寬而民不偷，明察以斷而政不擾。張公以之。郡與邑，小大若不相侔，要之推誠恤民均耳。吳越民俗，大概然者，公固不待問而知，不待試而效。先聲所及，固不待施而感，不待怒而威矣。是以有全越牧伯之拜，非偶然也。策初不經，承乏屬邑，鄉集凉落，民率菜色，群聚而嗷嗷，唯弗堪是懼，若涉洋海、亡舟楫、遇風濤、莫予援者。日延領以望公之來，剗繁理劇，休養生息，將溥慶澤，均黎首，以已試之仁，而濟未墜於地之殘喘，以紓當宁南顧之憂。而屬邑席蔭，得以安享優游者，咸於公是仗。蕭

之民，聞公車旦夕且至，相聚而瞻仰於道左，願得一面以
慰所望。是誠何心哉？古有之：未知其政，觀其民；未知
其化，觀其風。君子之風乃若此。行將有五袴之歌^①，興
兩岐之頌。則他年借寇之情，又當何如？今固爲之兆耳，
不可以無述也。因民之風而獻之矣。俟觀風者采焉。

注釋

①奉迓：迎接。

②張玉泉：張明道，字希程，號玉泉，湖廣羅田（今屬湖北）奉
泰鄉人。正德八年（1513）癸酉湖廣鄉試第六名。嘉靖八年
（1529）己丑科羅洪先榜三甲第 101 名進士，此時年已 50 歲。授
北京都察院都事，因爲耿直，十四年（1535）降調滁州判官。後升
浙江紹興府知府，廉潔正直，惠政多端。因政績顯著，深得民心，
任滿後，朝廷接受老百姓的請求，又給他加任九年。晚年退休回
羅田，專心學術。

③牧伯：州郡長官。

④五袴之歌：即五袴謠，稱頌地方官吏施行善政。

作人解奉迎縣尹林丹峰^①省試出簾^②庚子秋，代戴秉文作

　　丹峰林同年宰我蕭山之八月，浙省例舉鄉試，部使者

聞其賢，取試簾，簡録多士之卷。浙之人士聞侯之在簾
也，私相告語，競尚淳簡，趨理製而耻爲軋苗鈎棘之體，懼
不及侯之門也，文體丕變，翕然同風。夫文章，與時高下
者也。氣化人事，所係匪輕，起衰濟溺，有相之道。侯非
有章條之禁，非有久任之勞，不知何脩而得此耶？

　　予方適楚，以便道於省也，未解其故，因以問竹山黄
子。黄子解余曰：宣風猷而藻繪元化，文章之妙用也。明
道學以鼓翼士風，非士君子之心哉？苟且時好，以爲媒名
干禄之資，所教、所學、所考成者率無越是。宜文體之日
單以弱，亦上之人無道以倡之耳。《易》曰："觀乎人文，以
化成天下。"夫豈易言哉？侯之視吾蕭也，身起而釐正之
不規矩，於事爲之末而汲汲以身教爲務。觀其持行純白
而人無私請，逮下明恕而吏不忍欺，休徵動天而雨暘時
若，撫字心勞而蝗不入境，自治之嚴真足以廉貧而立懦。
則所以作人之風，端有素矣。公竣之暇，登諸生而進之，
相與講明經術，立文式以指揮群迷，矯華從雅，務趨理趣
而收載道之文，以正多士之氣，長養成就，文體於是而改
觀。全浙之士聞而知者，固風趨而日化矣。其機所自，不
可誣也。戴子曰：有是哉！丹峰之不可及也。自處以厚
而未嘗盡人之情，與人爲善未嘗必人之化，有道之士風之
及人乃若此。君子曰：持行之純，關西之伯起也；吏不忍

欺，鄭國之子產也；蝗不入境，漢密之卓茂也。至於汲引後學之心，蘇湖之安定，庶幾矣。他日敷典以和，則典禮以掌教，則所以及天下者，豈止是哉？

九月初吉，邑之庶尹、鄉之縉紳，逆諸郊，觴三行，各稱詩諭志焉。東原太守歌曰："成人有德，小子有造。"言得人之盛也。竹山黃子歌曰："瑟彼玉瓚，黃流在中。"③言文德之懿也。南陂戴子賡歌曰："豈弟君子，遐不作人。"言教思之無窮也。爲敘《作人解》。

注釋

①林丹峰：林策（1508—1553），字直夫，號丹峰，福建漳浦舊鎮烏石人。明嘉靖十七年（1538）進士，授浙江蕭山知縣，官至江夏按察司僉事

②出簾：科舉鄉試、會試時擔任彌封收掌、監試提調等職的試官。

③瑟彼玉瓚，黃流在中：出自《詩經》。黃流，指秬鬯，即以黑黍和郁金香草釀造的酒。圭瓚酒器鮮明細膩，金勺之中鬯酒滿溢。用於祭祀降神及賞賜有功諸侯。

遐祝東海蟠桃圖

丙午春仲，服官舂陵。至則請教于州長王一川氏，問

無恙外，見我以二子焉。美秀而文，循循然雅且飭也，因甚奇之。同寅廖子泪、司訓費子、楊子、吳子，相率而言曰：一川之家慶，公未窺其源乎？尊翁員峰年六十，令祖愷庵年八十，皆世脩儒業，家居隱德。三載宦途，再四迎養，員峰辭曰："吾父不能養，安能就子之養。惟勉脩職業，固守清澹，及時報效，以光衰老。慎勿以吾故累汝懷也。"愷庵尤篤好古書，雖隆冬負暄，手不釋卷。天性孝友，晚益慈惠。每諭問安便人曰："吾尤能讀書細字。語汝官人，青年努力，勿爲家念。"公家世德濟美，源流深長，諸孫之賢，有自來矣。一川因出員峰翁所寄詩云："有子有孫真自樂，清貧消息也不惡。但願歲歲報旌賢，勝如長在郎罷前。"又愷庵翁寄詩云："平生不吃不義飯，深衣布襪從吾願。不須分俸自加飧，管取年年各强健。"觀二翁之詩，則其潔己之高、義方之教，丹崖青壁，凛不可屈。而一川子典教發科，加官立子，十餘年未獲一侍歡顏。禄養之心不獲，自遂衡陽薊北，水陸之珍不能時一致于左右，情曷能已？

某月日，員峰誕賢之旦。愷庵則某月日也。良辰在邇，梁山修阻，豫作東海蟠桃圖，以遥致祝，亦如崗如陵意也。而予序其端。予惟子之愛其親，欲其榮且壽，猶愛其子孫，欲其才且賢也。天性之真，因心之愛，不爲不切。

然賢才責成于己，可勉而至榮；壽付命于天，難取必者。
故《洪範》五福爲首，而《孟子》一樂先之。王門奕葉載德，
化日舒長，皓首窮經，老而彌篤，其作述者恒以善；桑榆樸
茂，不赴禄養，敬老慈幼，和鄰睦鄉，其履盛者恒以約；庭
訓早承，詩書衍澤，蘭芽玉苗，含香待時，其俯仰者恒無
憂。亦何脩而得此哉？予於是求公于古人，要非所謂有
道之士歟？始翁家學，燕山竇十之訓也；隱德不仕，香山
老人之高也；禄養不赴，辛玄馭消息之戒也；躬侍甘旨，老
萊子戲彩之歡也。而一川殷勤遐祝，殆亦狄梁公“太山白
雲之望”之心焉。向以國子先生來守舂陵，三年于兹，故
衣敝裘，恂恂然如儒生，節儉正直，樹有芳聲。而高堂重
慶，蔗境清夷，橋梓奕葉，高玄一堂，尤人所深願而不可得
者，今皆兼而得之，有道獲福之明驗也。則所以勉强自立
以答滋至之休者，惡得不恭？百順備養以盡愛日之誠者，
惡得不至？事，孰爲大？事親爲大；守，孰爲大？守身爲
大。身安而道尊，道尊而德光，德光而名彰，身名俱榮，親
心以樂，百福駢集，上壽並邁，他日得之天者，將又益夐異
矣。東海蟠桃之祝，方發始事之端。今姑序之，以爲後日
榮封上壽地云。

崐山魏邑侯^①膺獎序<small>乙卯稿</small>

　自古任天下之重，心爲之主，而學以副之，才猷未足稱也。事固有不可爲，有不易爲，有不屑爲者。人品高下自別，胡可以例論？

　吾蕭，濱海小邑，瘠鹵貧薄，知恥而畏法。治蕭之道，靜不貴擾，寬不尚嚴。紛更集事，孰若持重以守常；雷厲風行，孰若徐與以寧謐。令于前者，稱廉，或近于察；精幹，或傷于財。惟東皋王侯，潛心省事，平易近民，擢守衛輝而流寓遼陽也，民思之不能忘。

　昨年蕭士聞我崐山魏侯之將來也，相聚而曰：楚中之名賢，文章之山斗也，吾屬有所瞻依矣。及我侯之至，開誠心，布公道，以冲粹之學，施寬大之政；秉精明之鑒，恢有容之量。與民休息，不求備于愚人，撫摩慰勞之，無小大，無衆寡，無敢慢也。公竣之暇，登進諸生，講明經學，剖析理趣，耳提淳切，推心指示，庠之多士，悉領我侯之教。而族子應垣、徐子子孚暨兒輩，尤辱公知遇。合邑士民，不惟敬而畏之，上下一心，使事相信。道路皆曰：侯，其古之循良，今之東皋矣。

　涖任八越月，撫臺梅林胡公^②大獎禮之，蓋嘉敦裕之

政，而期明作之功。侯惟養重樂道，外物無足介意，而應
垣、子孚輩若或未滿監司之優禮者，請問于予曰：侯之凝
重内定，厓角渾化，養静窮理，以盡性分之常所，可爲者爲
之矣；侯之戎備嚴整，潛驅海寇，保境息民，以障東南之
勢，不易爲者易之矣；悉心民隱，洞察肺肝，小物不遺，以
求事理之當，不屑爲者親之矣。是宜推薦剡之首，來璽書
之褒，而何監司未深知耶？皋曰：不然。侯璞玉渾金，祥
風瑞日，使人傾懷注臆，有不可及之嘆。私怪末世滋僞，
求之案牘，步趨之間，以長干時希寵之幸。而侯之宛珠傅
璣，非一時邂逅所易識者。中牟魯恭，亦坐是久之而大
遇，蓋非河南尹袁安之疑，則仁恕撝肥親無由而往查非，
童子之不捕雛雉，則中牟之三異無由而見知。以袁安之
名賢，尚不免于俗慮；以魯恭之治行，尚察驗而方顯。刖
足連城，自古有之，吾人盡其在我，舉世無知，後世亦無
知，吾之道無損益也。況于寇不入境，何如飛蝗？化及海
濱，何如禽鳥？士庶懷仁，何如童子？他年政績顯著，和
羹補袞，尚自曲盡巧心，均調衆口，胡可以旦夕計效哉？
昔文潞公之令榆次也，題鼓樓，有“黄綃被裹放衙”之句，
讒士播之于朝，呂文穆公聞而重其雅量，遂爲知己，引置
臺輔，托爲世交。其後文靖、正獻諸公，又出潞公之門。
是蓋先朝盛事，聲應氣求，雲從景邁，世所罕見。然有潞

公之德，必遇文穆之知。而諸吕繼起，皆從寬厚和緩得之。士屈于不知己，則固理數自然之應。而峴山魏侯有其德矣。

兒輩述予言以告諸子，遂相與書之，表諸子感仰之私。

注釋

①峴山魏邑侯：魏堂，號峴山，承天（今湖北襄陽）人。嘉靖三十二年（1553）進士，次年起任蕭山縣令。輯有《文公家禮會成》八卷。

②梅林胡公：胡宗憲（？—1565），明徽州績溪（今安徽省績溪縣）人，字汝貞。嘉靖十七年（1538）進士，歷知益都、餘姚二縣，擢升御史，巡按浙江。以平倭有功，加右都御史、太子太保。

賀周莊亭①八褒②序 乙卯冬，代峴山魏邑侯作

惟歲乙卯十月辛未，竹山黃子告予曰：莊亭周公壽八褒，縉紳胥慶，盍慶諸？予偕二（二）〔三〕僚友登其堂，蘭桂克庭，動履躍躍，衣冠疏戚，遠邇雲集。

予蓋壯其壽而喜其枌榆之景樂也，因詢養壽之原。竹山黃子曰：莊亭公少負文學，丁卯舉于鄉。質直性剛，

爲群小所擠，時則中媾曲突，環堵無寥，處之澹如也。久
而事暴。癸未登第，筮仕寧國，職司祥刑。郡守二河及公
馬政之復，仗賴調劑寔多。撫臺靜齋陳公檄平江南之獄，
以招同進者忌，棄官而歸，時則衡門石田，將終身焉。長
嗣石齋，仲嗣兩河，豐于孝養，百順立家，光有堂搆，蓄衍
孫曾，撫育而陶鎔之。殘膏剩馥，波及後昆，登太學者三，
遊邑庠者二，率循家訓，學知向方。歸農三十年，居車馬
輻輳之衢，左迎右接，盛夏衣不解帶，而老態逸韻，飄脫天
成，酬答如流，雄風不衰。惟其順時安命，隨分知足，以有
今日，固從容徐與，以俟休命者也。

予笑曰：有是哉！心者，形之主也；神者，心之實也。
形勞則蹶，精用則竭。是故智者寶而節之，不敢越也。順
時以爲詘伸，必究其理；隨機以爲進退，必窮其節。機械
之巧，弗載于心；攻取之欲，勿戕于外。處其一不虞其二，
知有今不慮其後，是以性情理而不拂，心術坦而無滯，養
之以和而樂生，持之以適而成趣。夫惟樂生而忘賤，適趣
而忘貧。性有不欲，無欲不得；心有不樂，無樂弗遂。心
安身裕，而所處自越于群動也。莊亭周公，有安分知足之
心，而承天祐之吉；有從容徐與之器，而凝百福之祥。見
其形神堅壯，而面沃若有光，他年上壽洊邁，蔗境清夷，尚
亦有日。今霞觴敬祝式爲造端，以占他日之休云。

　　同寅北海萬君邑博、瑞峰朱君、思齋徐君、縣尉臨橋王君，暨邑之鄉大夫士，相與序次其說，以爲周公壽。

注釋

　　①周莊亭：周憲，號莊亭，正德二年（1507）舉人，嘉靖二年（1523）進士，寧國府推官。

　　②袠：十年爲一袠，也作"秩"。

節壽篇 _{癸丑稿}

　　嘉靖癸丑夏五月十有二日，子婿蕭山黃九皋敬持春酒①一尊，爲岳母稱壽。時維外兄廩生中岳崧、國子中山柏，暨孫、曾孫、婿兒輩暨小孫，凡若干人，皆所出也。大參伯南湖沈外母舅，暨內侄國子□□輩、張漊內侄國子周□輩，周宅五宗②之親，內外若干人，各持所有，拜舞稱殤，極歡而不忍去。

　　沈子曰：母姑二十四歲早持孀節，一身而撫三世，歷三十七年，而終始一節婦道母道。可得而書之乎？皋惟婦以不二天爲節，節立而能處其子若孫若曾，節之大者也。岳母生於弘治甲寅，僉憲③沈敬翁太孺人鍾愛，而歷燕都閩楚諸宦所，誠不知錦綺之爲榮，而膏粱之爲美也。

正德己巳，十六而歸外父，庚午而中岳生，壬申而中山生，乙亥而我宜人生。保哺鞠育，儉素持家，蓬垢力作，若村姑然，忘閥閱出也。丙子，蔚攸之變。丁丑，外父早世。比時爐餘矮屋，女笑兒啼，俯仰無助，賦役繁催，蓋寥兮其未艾哉？外母堅持媂操，處之裕如，内外無敚其志者。絶薰澤，勤女工，葆育二孤，教之書，且納室焉。我宜人朝夕侍教，閑禮以歸于皋。凡門之内外，含容茹納，事罔小大，操持幹理，世所難處之事，備嘗之矣。竟能克拓遺業，光有堂搆。外祖裕齋翁心服而加敬焉。及二孤之能自立也，食廩膺貢①而屢賓興于鄉。孫曾達膝，賢而知禮，兒輩亦賴以不墜。内外子姓，歲時之良，相率問安，各以道誼相勸，而深以不若人爲耻，皆教之所及也。平日所以取信于人者，亦何修而得此哉？蓋所見者真，所守者正，志氣静虛而嗜欲省矣；耳目聰明而視聽達矣；精神内守而不外越矣；意向恬澹而無顧慮矣。心安志明，志明身裕，是以憂患不能入，而邪氣不能襲也。發言無不當，而所爲無不成也。事有求之四海而難遇，守之一身而自足者，是誠在我。抱德和元，以順乎天，誠心貞度，以齋其家，不惟持身有道，而養壽之原端在是矣。夫以六十年間，聽于父母者十六年，聽于尊章夫子裁七年耳。三十七年，獨制家政，動如禮度，男室女家，孫曾林立。目中所見，奢華崇熾者未必長亨，而卓立持守其家法者，乃積善苦節之子孫也。夫立家難，享壽難，居孀得之爲尤難。終始一節，守而不變，天地正氣，浩然獨存，不爲烈歟！

沈子持觴而作曰：上承舅姑，中承夫子，下衍子孫，可以爲周門壽矣！南湖翁曰：豈惟周哉？爲人上者，崇德尚賢，培養元氣，舉斯心而加諸彼，可以風天下矣，可以厚民俗矣。盍書之，俟觀風者采焉！

注釋

①春酒：冬釀春熟之酒，亦稱春釀秋冬始熟之酒。以此來敬酒祝壽。

②五宗：古代宗法，繼承始祖的後人爲大宗；繼承高祖、曾祖、祖、父的後人爲小宗；大宗一，小宗四，合爲“五宗”。

③僉憲：即僉都御史。明代都察院設有此職，位在副都御史之下。

④食廩膺貢：指府、州、縣的廩生被選拔爲貢生，亦用以稱以廩生的資格而被選拔爲貢生者。

雙壽序 辛亥稿

親長瞿德輝氏夫婦齊壽八袠，某月日初度之辰，其子立孫伯玉等清歌雅奏，列筵來賓以稱壽觴。諸親曰：盍贈焉？發天人之英明，壽福之徵，使堂中之人飲旨酒而錫難老①，味嘉辭②而動和心，則文章之助所不敢誣，而隱君之德端有可稱也。曷有贈焉？

予惟人情孰不欲壽，而不可必得。其得之者，或耄荒③而倦勤也，惟康寧之難；人亦孰不欲富，而不可必得。其得之者，或自身而立家也，惟世家之難；人孰不欲賢助，而不可必得。其得之者，或付命之不齊也，惟偕老之難；人孰不欲康寧，而不可必得。其得之者，或承志之未能也，惟裕後④之難。瞿氏世居九都，爲邑大族。二老有杖國之壽⑤，以尊於鄉；有累世之業，以厚其生；有林麓之幽，以陶其情；有田園之饒，以贍其養；有子孫賓客宴笑之樂，以娛其衷。夫婦偕老，皓首童顏，聯芳媲美，樂意生香。子孫曾玄，內外整肅，庭幃之間，雍睦如一。亦何修而得此哉？諸親曰：德輝氣質淳樸，而有能容之量；孺人從事無成，而有柔嘉之則。倡和一道，以成其家，孝於尊親而百順以聚，友于兄弟而急難必周。助宗黨之不給而惠日孚，勸鄉鄰之不平而公論服。或逋租而不取，或橫逆而不校。出有餘以逮不足，興義舉以應公上者，不能枚舉。凡外業之富有，皆內順之克承也，不賢而能如是乎？黃子曰：有是哉。瞿氏之澤，不可以無傳也。《詩》云："豈弟君

子,求福不回。"然則多福之萃,不外慶門,非其所固有者
耶！雙壽之稱,徵之往昔,於伉儷有偕老之盟,在高堂有
具慶⑥之喜。而父母俱存,兄弟無故,又樂之大者也。遂
爲之歌,俾以侑觴。

歌曰:身裕業昌,夫鴻婦光。孫曾迪康,溫雅柔良。
周鄰睦鄉,肯搆肯堂。族衍宗强,道履日莊。

乃賡再歌曰:南極寶婺⑦兮開祥光,老人初度兮孤矢
張。笙歌雅奏兮叶宮商,門迎珠履兮稱霞觴。醉顏酡兮
樂未央,蟠桃新熟兮化日舒長。

注釋

①飲旨酒而錫難老:出自《詩經·魯頌·泮水》:既飲旨酒,永
錫難老。指暢飲美酒,延年益壽。

②嘉辭:優美的語言。

③耄荒:謂年老昏憒。

④裕後:遺惠後代。

⑤杖國之壽:老人七十高壽,即年過七十可以拄拐杖在城邑
內行走。

⑥具慶:指父母均在。

⑦寶婺:即婺女星。

送左東河督馬報政 _{戊申稿}

　　東河左子，理馬政于鳳陽三年，而俵馬^①于太僕者四矣。州縣課紀之勞，道里往來之費，不知凡幾。近得以此行也，附奏厥績于天官氏。

　　吉日戒行，諸寅長餞諸郊，左子攄鞍而請曰：何以教我？竹山黃子舉觴而進曰：《易》以龍馬明乾坤之用。國之寶畜，世之神獸。《易》象所貴，《周官》所列，《小雅》《魯頌》之載，國之虛實係焉，非小小者。昔伯益^②知鳥獸之情而蕃馬息，有虞氏氏之以贏而世其任，王毛仲^③、張萬歲^④強幹知馬而盡職隴右，唐以閑廐牧監之任付之，勳至開府而仍典焉。是皆擇人專職，久任而責其功也。今之典牧者，十年之間，凡幾徙官。以知馬而任者，任而有成功者，無功而得譴者，予未之前聞焉。往往未及究馬之情，諳馬之數，而改官矣。不知畿甸之民，戶丁分日而飼，各家分次而牧，付之老稚^⑤，食之蕪腐，處之污穢，而欲其生息之蕃、體力之壯、性習之調，茲亦難哉！鳳陽所屬州縣凡十八，以丁養者、以稅養者一萬有奇。左子三年之間，孳生蕃息^⑥，解俵不虧。撫巡、太僕，恒以優禮旌獎，似若可喜也。而時有憂色，顏多憔思，得非憂民之憂，而惟日不足，勞思無疆，如《駉》之所詠者乎？予於是而得其心矣。憂思無疆，師臧之所以興魯也；秉心塞淵，騋牝⑦之所以强衛也。顒碩佶閑⑧，《詩》侈詠焉；雲錦成群，史美觀焉。左子之蕃息馬政，當不在伯益之下。今日之行，可以復政，鳳陽之民不能久淹矣。聖朝久任責成，圖維化理，得非興舉唐之故事，以牧監開府寵遇王張二子者而待左子乎？是未可知也。則淮南馬政十年之内，當有可觀者矣。

　　寅長葛柳泉曰：善哉言也！勤慎以恭職，寧靜以致遠，是可書之以行。樂吾張子、心泉林子，相與次序其言以爲贈。

注釋

　　①俵馬：明代江北地區的一種雜役。指官府將官馬分派給民户飼養，過一定時期後再由民户將馬解送指定地點，由官府驗收。

　　②伯益：嬴姓，名益，大業之子。伯益因助禹治水有功，故受帝舜賜姓嬴，是古代嬴姓的始祖，也是春秋戰國時代秦國、趙國、徐國王室的祖先。據記載，當年他因輔佐大禹治水有功，大禹除了賜他姓氏之外，還讓他掌管農業，培育鳥獸也是他的工作之一。

　　③王毛仲：出身高句麗官宦人家，後來高句麗被唐朝所滅，王毛仲淪爲李隆基的家奴，專門負責爲其養馬。曾任職唐朝禁軍將領。

　　④張萬歲：唐人，官太僕少卿，以善養馬著稱。自太宗貞觀初

開始養馬三千匹,至高宗麟德間,約四十年,繁育至七十萬六千匹。

⑤老稚:老人和小孩。

⑥孳生蕃息:滋生繁衍。

⑦駛牝:指馬匹。

⑧顓碩佶閑:指馬匹,既壯健且高大。

峽山壽篇癸丑稿

二月七日,祖母沈初度①辰也。皋新搆適成,被主懸像②,循例稱觴,若生存然。追憶卯角③之時,祖母懿範慈嚴,先大夫侍教宣淑于我兄弟,惟是辰也。子孫曾玄、男女雍肅。長巷之沈、峽山之韓、史村之曹,內外子姓、婿孫姻屬,凡百餘人,如期畢集,歡聚一堂。歲時之良,相率問安,月夜陰晦,繞膝聽話,非屢命之退,弗退也。二十年來,耆壽凋謝,厚重音容,弗可得見矣。而遺訓常存瞻竚,罔失一家所望,以領袖後人者,松林、南軒二長兄焉,壽皆七十之上,而韓竹軒兄則更居長,壽屆八袠,烏頭皓齒,鶴步加餐,壽相尚未艾也。

二長兄進予曰:竹軒兄之善,承我姑氏也。幹蠱克勤,立家勞矣;孝友身先,秉志銳矣;開創裕後,獲福弘矣;

齊壽杖國，歷年邁矣。盍文以壽之？予惟居官之難也，理家尤難；理家之難也，立身尤難。是故志在於順親也而遇蠱者，弘濟之難；志在於克勤也而獨任者，持久之難；志在於友于也而甲乙者，同心之難；志在於禦侮也而倡勇者，身先之難；志在於創造也而草昧者，開基之難；志在於垂後也而多男者，克肖之難；志在於養生也而作用者，全真之難。此非理家難也，立身難也。身端心誠，可以格神明、孚異類，而況于家乎？予見韓兄之理家也，凡姑氏之所不能爲者，以身任之；諸兄之齒後者，以身先之；合族之難處者，以義合之；賦役之輪及也，秉誠以輸之；子姓之未諧者，倡率以曉之。以創基業，以教子孫，以睦鄰族，以禦外侮。履霜浥露，戴星沐雨，攻苦食澹，深厲淺揭。門之內外，事罔巨細，地之遠邇，人罔疏戚。惟兄之所處者，無乎不適其可，皆其心平而無私也。宜其和氣致祥，而休聲之協應哉？此獲壽之徵，養生之術，非偶然者。而不知有壽種焉。予祖母九十有三，以貞壽銘於鄉。究其始，沈外太祖知足翁壽八袠，衛太太九十有五，而毿軒、航南諸翁皆逾九十。推其源，則龕山衛中翰翁亦幾上壽焉。自衛而沈、而黃、而韓，源流長矣。家之誦習，皆祖母所遺。而峽山右族，又魏國忠獻公後。流風遺俗，無待言者。惟兄益弘前人之訓，詩書衍澤，孝友睦家，以振起諸子姓於今日。則我姑氏之澤，尚將流衍於無疆。而桑榆蠻躑^①，玉蘭充庭，崗陵之壽，天亦奚靳而不躋其極哉？皐負世德，屠弱先老，百不自謀，視兄如人中之仙。內外諸兄弟，富壽而康，亦鮮如兄者。兄亦宜知自娛矣。

　　某月日，壽之辰，諸兄因予言而預持一觴爲敬祝焉。清平盛世，芳春時和，茅店香醪，山溪芹蕨，物雖薄而在諸兄弟之意厚也。三酌微醺，敬致壽篇，以志歲月如左。

注釋

　　①初度：生日。

　　②祓主懸像：古代一種除災去邪的祭祀活動。

　　③丱角：童年時期。

　　④桑榆蠻躑：指晚年的田園生活。

壽任凰橋七十 _{甲寅稿}

　　有蓋世之威而未必其家之常盛，有絕倫之智而未必子孫之皆賢。蓋可爲者，人事之偶然，而不能必者，天道之威福，予奪甚可畏也。是故誠心貞度，脩身齊家，人之所以自立，未嘗私干于天。而福善禍淫，栽培傾覆，天之所以宰物，未嘗一外于人。觀于古今盛衰之際，當時之崇高赫燁①者，不復多見；而循循雅飭②，優游福履③，多積德之苗裔也。古曰：豐土之水，其枝必茂；久息之田，獲必倍常。

予邑東橋任氏，故家也。始自伯雨，而至長者，盛德茂義，樂施賑貸，而家日以隆。誠意伯未遇時爲長者西賓，後得名賢翰墨，至今襲藏甚富。四傳而至鳳橋，早遊邑庠，久爲同輩所重。繼入太學，初薄宣之涇縣。愛民任事，而境內盜賊，發摘如神④，上官每褒異焉。遭喪，復除瑞之高安，臨蒞精練，清澹有加。苦于承接，謝政而歸，則又恂恂以禮義導其子姓。族中貧富，約以千數，懷來倡率，獎誘相成，有不如意處，必比而同之，較若畫一，無二心也。一子不禄，撫其孫某，幹蠱有成⑤，咸習舉業。族中子姓，感發而興起者，要皆有以倡之也。先生持守清澹，襟懷曠達，厭舊居闤闠喧遝⑥，別搆小室于静處，脩竹碧桃，風簷月牖。手不釋卷，吟哦其間，賓朋適意，詩酒徜徉，悠然自得，興盡而止。予昔理宣而經瑞也，訊諸大夫士，道涇之政，歷歷可紀。而瑞之諸君子極口稱高安之政不衰，皆謂其平易近民，民安其政也。夫平之爲言，平平耳；易之爲言，易易耳。平易近民，爲立政者言也；天壽平格，爲獲福者言也。閭井謙和，林皋適意，精神完固，步履安詳，無希望于前，無顧慮于後，是固養壽之原也。夫壽益高則德益裕，任長者之聲，自此復振；而文風道氣，比昔加隆。上以振揚先德，中亦不負所學，下以作興後昆⑦。凰橋不惟身之壽，而家之壽其未艾哉！

壽之日，内外子姓、姻友親舊稱觴⑧而羅拜者若干人。予蓋異其心之同而請之堅也，援筆而序其說，且爲邑人積德之勸。

注釋

①崇高赫燁：高貴顯赫。

②雅飭：指言行合禮制。

③福履：福禄。

④發摘如神：指揭發辦理盜竊等事宜有效率，形容治理政事精明。

⑤幹蠱有成：指做事幹練有才能。

⑥闤闠喧逻：形容住宅周圍喧雜紛亂。

⑦後昆：後代子孫。

⑧稱觴：持酒杯祝賀。

壽胡南屏親長齊年六袠序

越中諸山，東南翔舞而來，列屏列障，左右環衛，倚櫂縱觀終日而不厭。先民以爲佳山秀水甲天下，其信然哉。張漊胡親長，奉尊翁百順之孝，處昆玉友于之情，授賢郎義方之教，子姓率德而感慕。華搆新成，適與諸峰相向，親友以南屏先生稱之。涪翁[①]得意之詩曰："人得交游是風月，天開圖畫即江山。"又云："山圍燕坐圖畫出，水作夜窗風雨來。"古人率以屏障比山川，非得其真趣者未可與語也。南屏夫婦齊壽六襄，賢郎會夫如期稱壽，仲兒世淳，半子之義，亦持觴效祝焉。

　　予惟南屏以勤儉立家，綜理經營，具有成法。公私艱險，備嘗之矣；人情世態，盡知之矣；閱歷勞勩，蓋有年矣。而茅親母贊襄于門之内，同心力作，茹素食澹，家益裕而閭里日和，年彌高而精神益壯。何修而得此哉？《論語》曰："仁者静而壽。"要知身雖勞而心實静也。《大學》曰："定而後能静，静而後能安。"傳曰："定謂心不妄動。安謂所處而安。"則静之功用可得而測也。心者，形之主也；神者，心之珍也。形老則蹶，精用則竭。是以智者貴而尊之，不敢越也。夫周之五玉，什襲而藏之，寶之至也。精神之可寶，非直成周之五玉也；人之用之，非若五玉之可襲而藏也。俯仰公私，内外責成，應酬其間，孰匪我心，非能潔其身而遠俗也。必適其當，揆之理而順；必窮其節，反諸心而安。從容暇豫，求其肯綮，恬愉虚静，以順乎天。

與道爲際，與德爲鄰，不爲福始，不爲禍先。夫是以魂魄處其宅，而精神守其真也。南屏之理家也，內外有域，小大有程，早暮有節，緩急有度。事不思出其位，財不取非其有，以往役爲義而徭均，以先公爲心而賦理。是以職舉而上悅，聲應而人和，形雖勞而心則安，事雖難而理則順。抱真一之體而無所容與，順事物之常而泯其虞慮，烈火澤而不能暄，涸江漢而不能寒，轟雷霆而不能驚也。契大有之樸，而完固有之神，鎮若屏障之奠，安而不騫也。燕私所依，憑而不搖也；出入所局，嚴而不褻也。其寢不夢，其智不萌，其見不愓，其氣不揚，動而不括，靜而有常，南屏之號，信爲不虛。而精神之所以能格于道，蓋有是哉？賢郎會夫，龍之翰，鳳之髦，藏器有年，待時而發。誠能早暮承歡，而順親得親，則所以禄養寵榮者，端有日矣。孟氏以父母俱存，爲三樂之首。釋者謂一系之天，物固有造化之不能齊者。椿萱②偕老，子孫雲立，洵碩且仁，滿堂真樂，莫能致者可致，不能齊者今得而齊，仰承於天者，異矣。究其自盡，以答滋至之休。會夫涵養冲素，有定見哉。

　　皋亦僅發其端，深致愛助，以祈鴻休，因廣尊號之義，次如岡如陵祝云。

注释

①涪翁：即黄庭堅。

②椿萱：父母。父母都健在稱爲"椿萱並茂"。

德壽篇 丙辰稿

　　至寶潛于名山大川之幽，每先群物而貴於世者，負異質也。夫珠潛于淵，玉潛于璞，深自韜晦，未嘗炫耀人目，而精華溫潤之氣，蒸然見于外，海錯不得而争焉。有道君子，修身秉德，潛于布韋，而終不混者，其静修文美，亦有蒸然而特見者矣。故海者，珠之會也；藍田，玉之會也；通都大郡，有道君子之會也。自非就其會，詢其名，而求其精焉，豈易窺測哉？杭城，東南之具瞻，而山水之勝會，監司開府而治，縉紳列屋而處，其亦珠玉之淵海歟？

　　外父潤庵吴翁，生于名都。幼失所恃，藉中丞伯父家教，而學識素超群季。及澹庵郡伯南岑、參伯西谷、中翰萬松侍御，繼起甲第，而家政孰可經理？始解學藉，把握門户。岳母出自春元陳朴齋先生，懿範孟嫻，相助有道。外兄宗和，師事憲副龍江長兄，而德業大就，爲時名儒，縉紳先生率遣子弟授學門墻，俊彦日倍于昔。翁之齒日益邁，而子孫族屬日益繁，綜理宣導，井井有條；庭幃章程，肅肅嚴整。家政嚆嚆，悉中事宜，圭角渾忘，矩度儼確。展家廟有歲時之禮，省祖塋有春秋之祀，攝族眾有敦肅之道，自翁始之。從子孫曾，無慮千數，皆俊挺奇拔，鵠峙鸞翔，荀龍竇桂，莫可儔焉。惟翁秉禮執誼，嚴整自樹，葆光蓄祉，以休後昆。監司郡縣，聞而禮之，命官品服，錫如恩制，所以仰承于天者厚矣。間或縉紳相過，賓朋燕集，英風逸韻，亦時一露，而斟酌當可，不失常度。平居左圖右書，前箴後儆，量腹而食，度形而衣，容身而居，適情而行，審可而出，思義而取，是以心術正而無比，性情理而不疏，身端心誠，固壽徵也。《書》曰：“天壽平格。”《論語》曰：“仁者壽。”朱夫子曰：“仁者，無私心而和天理之謂。”惟無私心，則好惡當理，處分當情，內外有則，豐儉適宜。心平而量舒，量舒而志明，志明而身裕。匪惟家之和順，而身之康泰，亦由中出矣。今八旬之壽，方為托始，他年上壽寵祿，頷首問安，履杖怡遊于露晞星滅之候，可預卜也。所謂先群物而貴于時者，豈能掩哉？七月九日，誕賢之旦，齊眉偕老，皓首媲德。外兄五人，各持觴稱壽，而荊人姊娣六：為楊恭人，為高節婦，為王孺人，為來宜人，為祝秋元聘，競以甘旨為敬。南北水陸之珍，輻轃左右。

惟皋迂劣，不諧于俗，澹泊無可為獻。顧先君與萬松叔丈同年，而皋兩附龍江年兄榜末，姻承舊德，世辱翁知。
觸祝虹流，詞寧拙廢，敬揚潛德之光，仰效崗陵之祝。

刻涉江集序丁未稿

　　詩豈易言哉？唐諸名家六百有奇，玉琢金追，鋪采摛
繪，説者乃曰：無越乎十二大家及《品彙》之所選，它篇可
以無作。甚矣！製作之難也。若非明理學，紀制度，宣風
化，以淑人心，衹見冗聒而已。起衰濟溺，不有深望于
詩乎？

　　同野王先生①《涉江録》凡二百二十首，山陰高石渠氏
傳之同志，惡在其爲多耶？宋人讀張曲江詩，無害爲少，
確論矣。觀先生詩，有陳思風骨，少陵體裁，冲澹恬逸如
韋蘇州②，集衆美而兼有之，使人諷詠有餘味。至其部伍
嚴整，節制之師也；談空道右，寂楊之禪也；閒雅莊肅，鵠
立之容也。何脩得此耶？先生篤侍御君家學，平生奇氣，
自負不凡，静修海上二十餘年而舉進士。讀書中省，爲起
部郎，區畫節省，孚中外心。參藩江右，秉節徐揚，所至持
紀杜橫，守貞而化恒，奸宄斂氣，憲臺生風焉。蓋其政尚
大體而不拘小節，期人意氣而樂善不倦，臨戎暇豫而機密
運成，將力幹囂俗而坐鎮藩服，所養素定，尚友有歸，危行

言遜,果敢英烈。深造陽明先生門户,而與余姚明山③、王定齋④相頡頑者。其道里所經,義氣所感,僚友應酬,清才逸思,泉布風行,以洩其涵養之素。氣格詞旨,不期自附于諸名家,而宋筋唐響有遺音者矣。雖然,人則有言:詩名吏望,恒相爲長。山玉含輝,善藏其用,詩教固不可廢,而作不作,于人道未害也。大夫君子,養重凝慮而身任世道,不有要于詩者乎? 先生文章政事,一時推重,祇恐造物多取之忌,亦盛名所宜遜避者。皋方焚筆瘞硯,以求習静,故不敢賀而以規。

注釋

①同野王先生:王梃,浙江象山人,字子長,號同野。嘉靖十一年(1532)進士。授中書舍人,奉詔諭南北直隷諸郡。累官湖廣參政,而以亢直忤巡按御史,被劾免官。

②韋蘇州:即韋應物(737—約792),京兆萬年(今陝西西安)人。曾任蘇州刺史,世稱韋蘇州。工詩,與王維、孟浩然、柳宗元合稱"王孟韋柳"。

③姚明山:姚淶(1488—1538),字維東,號明山,浙江承宣布政使司寧波府慈溪縣(今浙江寧波慈溪)人,左都御史姚鏌之子。嘉靖二年(1523)癸未科狀元。

④王定齋:王應鵬(1475—1536),字天宇,號定齋。浙江承宣布政使司寧波府鄞縣(今浙江寧波)人。明都察院右副都御史。

續修蕭山縣誌序_{丁巳稿}

　　蕭山原有誌，玉亭張子爥承丹峰林侯策之委而摘萃成編，僅十四年，何待于續耶？續非得已也。誌成之後，海邦多事，有沿革，有興舉，前誌所未及者，可弗續耶？皇威殄海，東南底寧，城守鞏嚴，兵防整輯，田土清理，賦役均平。華江施侯、峴山魏侯，後先協心，終始相成，皆誌後之新政，論者謂宜錄以備遺。魏侯公竣講學，兵暇采風，諸所未備者，搜擇以求實，去取以求公，如不得已焉。續城建，所以固封守也；續兵防，所以慎武備也；續倉庾①，所以紀斂運也；續清理，所以覈田土也；續賦役，所以示均平也。貤封②以章家教，淑慝③以勸風俗，蔭敘④以表世德。例貢制舉，悉著任使，以章報效。蕭居浙東，王化之所首及，省治之所屛翰，法制在有司，教化在人才，德澤在民心。則夫紀述新政，贊揚盛美，不容不續，續焉不能不詳，其詳不敢不覈。由是政有所資，俗有所考，後來繼起有所承循。魏侯其用心哉！

　　魏侯名堂，字汝高，襄陽世冑，興都之巨儒也。宰蕭有治才，續誌有史才，筮仕而發於此，君子謂有由、求之果藝焉，他日向用於從政乎何有？

注释

①倉庾:貯藏糧食的倉庫。

②貤封:舊時官員以自身所受的封爵名號呈請朝廷移授給親族尊長。

③淑慝:明是非善惡。

④蔭敍:受先世的蔭庇而敍録爲官。

代魏邑侯賀總制胡公平海寇序_{丁巳稿}

吳會居神宇之東南,依棲海甸,質薄性柔,不知有兵革事。邇年,倭夷入寇,剽掠殘傷,蒸污焚蕩,靡所不至,得非海防久弛而節制非其道也?君相籌慮于宵旰①,僉謀于朝廷,推重勞我梅林胡公,秉鉞東南,節制諸省,蓋推轂而命之,鑿門而授之。上應秋肅之義,以全東南之生。其世道升降之會乎?

自兹開府,本仁祖義,以剛濟柔,臨難決疑,以文用武。參酌巽以行權之義,變而通之,以握機務;恢廓大塞朋來之義,好問用中,以容衆謀。謂封守必賴于險設也,城隘聯絡,始有可守之地;詰戎②必賴于武備也,軍容犀利,始有可用之器;衝鋒必賴于勇敢也,招募訓練,始有效死之人；軍興必賴于供饋也，儲峙糗餉③，始有宿飽之食；橫海必賴于舟師也，飛雲舸鑑，始極閩禺之選。皆經畫于師虞之公，而創始于開府之後。詳審醜類之情，而動中事機之會，顧犬羊之性，侵侮叵測，出沒靡常，東奔西泊。公乃整束戎裝，親駕驪騮，攝烏號，佩干將，旍常映日，雄斧耀芒，六軍衿服，萬騎龍驤。祖裼徒搏，投石超距之部；熊瞵虎視，猿臂駢脅之夫；干盾殳斨，暘夷勃盧①之旅；雕題素髻，紙甲竹兜之猺。長落聽命，銜枚無聲，相與騰躍夫斥鹵之野，掩伏于山海之濱，扼吭于要害，掎角于後先，埋伏于左右，追躡其奔突。鉦鼓動地，火烈熛林，飛爛浮烟，陣雲晴陰，暴彪虎，斬鯨鯢，執彼俘馘⑤，連之羈縲。台鄞以次而底定，吳越相繼而獻俘。如彼島夷⑥橫距而施刀鈹，漳寇向導而善矛鋏，皆應弦而倒絕，中戟而摧裂。雖有舟山石墩之岝崿⑦，發策而破之；雖有柘林八團⑧之巢穴，顛覆而剖之，剗劫熊羆之室，剽掠虎豹之落。陳東、王七⑨，談笑而就擒；徐海、葉麻，飽餌而聽縛，蓋餌之以金帛，所以屈致其死。命攜貳，伊黨與，所以分析其部落，使之自相攻擊而掩護不暇，然後量其堅暇緩急，而取之于時。司空中丞，蓋協謀于節堂，而密定夫方略，茹納夫浮言，而包荒于郛廓，謀定而日夕休暇，坐幄而神馳海角，郭汾陽之閒雅，藺相如之交歡，殆庶幾公之有容。而用敵致勝，虛懷待人，則淮陰之師廣武，晋公之任蔡人，異代而同心者矣。

迺者奏凱念功，朝野胥慶，晋崇新秩，留鎮海甸，亦俯從士民之請而借恂焉，則所以加惠東南元元者，尚無量也。隋末汪越公，以義兵保宣、歙、饒、婺、睦、杭六州之民，而廟食百世。至今歙郡十姓九汪，皆念越公功德所留。公同里閈，而功十倍之，宅心秉節，非華可倫。不知天之昌大公之雲仍，民之思報公之烝祀，又當何如也？

蕭山，密邇省治，屏翰浙東。邑令魏堂久侍戎行，供餉防禦，星夜效城，辱公知遇，求文于□〔一〕，以表蕭人上下感仰之私。顧疏薄，奚以揄揚休烈？敬序膚言，以揚萬分之一。

校勘記

〔一〕此字疑當爲"皋"。

注釋

①宵旰：天不亮就起床，天黑還不休息。指勤於政事。

②詰戎：整治軍事。

③儲峙糗餉：儲備戰爭需要的乾糧食物。

④晹夷勃盧：晹夷指鎧甲名。勃盧，古良匠名，善造矛，後即

以爲矛名。

　　⑤俘馘：指被俘虜者。

　　⑥島夷：古代指我國東部近海一帶及海島上的居民。此處指
海寇。

　　⑦岸崿：指山勢高峻。

　　⑧柘林八團：指當時倭寇最大的巢穴在柘林（今上海市奉賢
區柘林鎮）。

　　⑨陳東、王七：當時的寇酋。

送邑二尹萬合淝陞任歸合淝序丁巳稿

　　合淝北海萬君二尹吾蕭之八載，將請老于朝，致蕭事
以去。邑大父母崐山魏侯挽而留之。及轉官，而得楚省
之靖州經衛，曰：此吾投老之會也。神怡心曠，飄飄然如
遺世人仙。蓋莫可以利祿嬰其志慮矣。

　　以予特道誼厚也，過山莊敍懷。予曰：北海，固長者。
務寬大休養生息，蕭山安焉。老於年，老於任，亦老於事。
以含忍柔巽其情性，以容與調變②其世故，以謙卑禮待其
過客，以寧耐持守其歲時，張英聲誇異行，北海無有焉。
今轉擢諸靖，固楚之西南鄙，而桂貴之交。天曹將以熟于
吳會之戎略者，而濟楚貴之兵防；將以撫循吾蕭之術，而

爲羈縻要荒之政，相須蓋甚殷也，其幸終惠胡，可以言
去乎？

　　北海曰：非也。自庚戌而吏茲土，承乏視篆。水陸之
衝，案牘之煩，上下之應，賦役之需，皆以身承之。及華
江、峴山二公之涖任也，事總大綱，委理繁務。時海上多
事，城務方殷，拮据拊荼，奔走先後，使人應接不暇。一
夕，思質王公給令牌、賜寶劍，使監戰於海上。黠寇在前，
參戎兵憲在上，而使卑職督之，不如令者，如軍法焉。奚
以奉行也，既而倖勝。一疾甚奇，眩暈首重，殆不可舉，以
猶力之差強蕭之事，易以治也。人臣受直，無怠事者，雖
捐軀圖報，尚恐無以效死。但疾發無復可忍，將日昃③之
離矣，猶奔南中，任勞役事，不亦左乎？朝槿①露菌，宜惜
分陰，鍾鳴漏盡，而不知止，吾何以自立？且地在回雁峰
南。人各有能有不能也，強人太難，不知止足，並以庋矣。
方皋之棄官，而投山中也，將欲養靜藏訥，以順其性命，而
尚未免于耕課，亦既俗矣。倦鳥疲牛，托風自逃，青山白
雲，泉石高卧，邈乎不可及也。茲北海鴻鵠霞舉，其志高
以決矣。襟度夷曠，意興恬澹，元亮彭澤，時也。茲去而
笑傲題詠于英霍淮泚之上，與春風沂水同其樂，氣當自
倍，視趑趄諛悅以取容于時者何如？

　　□[一]庠諸士謀留行，予曰：制也。惡能用情？有子人

之政，有潔己之幾，固有不可奪者。崐山魏侯喜曰：是可
爲贈。

校勘記

〔一〕此字疑當爲"蕭"。

注釋

①調燮：調和。

②日昃：即太陽偏西之時，在下午一點至三點之間。

③朝槿：即木槿。花朝開暮落，故常用以喻事物變化之速或
時間的短暫。

文公家禮會成序_{戊午稿}

冠婚喪祭，民俗常行之禮也。愛敬之實，良心真切，
性諸天者，而儀文品式，則有隆殺之等，經權之宜，自非素
習而豫養之焉。能隨時隨處而各適其當哉？此《文公家
禮》所由作也。按公，王朝侯國之禮以《儀禮》爲經，而《家
禮》則酌取司馬温公、二程夫子居多，祔遷^①則取横渠張
氏，節祠則以魏國韓公爲法。蓋《儀禮》備家禮之詳，《家
禮》撮日用之要，使鄉俗易見而可行。脩齊治平之道，慎

終追遠之心，具於此書。

應氏謂不出於晦翁非夫也，但門人所記。失藁於行童，獲本於莽期，卷首圖注，不合本書，不能不起後人之疑。雖黃榦、楊復諸人有集說諸注，不能信傳於天下。當有以任其咎矣。丘文莊公《家禮儀節》，所以申明晦翁崇化道民之意，傳播海宇，作式後學。篤古之家，世能守之。而是古非今之士，多有不能遵者。蓋苦於持禮之難，而未會諸注之義也。諸注出諸儒之見，而原非隨事以發明。《儀節》止摘其要旨，而未及援注以作証。

岷山魏侯，宰蕭之暇，析《家禮》之文，而以諸注及經傳之發明禮教者，綴於逐條之下，仍以己見及儀注附之，名曰《家禮會成》。蓋根幹周孔，標枝程朱，而收黃楊諸君子之華實。譬則四時順序，所以成歲功也；氣朔分齊，所以順四時也。精神意氣，相聚一堂，妙契疾書，似非一日。會禮樂之源，發儀文之蔚，折古今之衷，酌經權之用，要亦有慨於所見，而力幹世道，用心良可嘉矣。或者復病其繁，似非晦翁節要之意。且皋意見有未徹處，嘗欲手錄其詞，與海內學者商之，顧識與力未之能也。況《家禮》乃晦翁之書，《會成》集諸儒之見，君子讀而思之，因而擬議。其純也，准諸經；其未純也，亦准諸經。飭禮治躬，將以求造。夫動容周旋，中禮之盛，則人心自正，邪說自闢。民風世道，豈小補哉？

　　周人有言曰：禮，國之幹也。敬，禮之輿也。請以是充《會成》之旨。

注釋

　　①祔遷：遷柩合葬。

刻尹蕭末議①序戊午稿

　　天下之治忽，繫民牧之賢否。而牧民之任，惟令爲難。蓋政之興替、事之可否、民之休戚，撫按行之藩臬，藩臬行郡，郡行之邑，邑不敢專，而事無所委。令之秩爲中士，而其責恒在諸司先，此其所以難也。

　　蕭居省治之東，水陸繁劇，師旅絡繹，土瘠而民疲，事冗而路要。上司之所責成，下民之所瞻仰，稍不如意，蝟叢而毀集。比旁邑之美食安坐者，殆十百千萬焉，不亦尤難乎？崐山魏侯，風神清峻，性資淵穎，而學問之功養之有素。甲寅涖蕭，適海甸多事，督府用兵，師徒借助，坐索待哺，順指氣使，似非人之所可一朝居者。魏侯撥冗裁答，意氣從容，而神色自若，不以小忿爲軒輊。其有俗革之政，不能不費辭説，則詳議公移以申鳴之。徇名覈實，原始要終,根極要領,動中機宜。援筆立就,而左右逢源;不費繁辭,而意已洞徹。嚴詞足以折其强,巽辭足以通其變,真稱物之平衡,療病之良藥也。監司因而悉究民瘼,下民賴以均平疾苦,要亦養之弘而閱之熟。故一出而集難辦之事,成佐軍之功,其有所本哉。歐陽六一教人吏事曰:"文學止於潤身,政事足以及物。"要之,政事之才,未嘗不從學問中來者。故曰:學而後入政。未聞以政學也。蕭造士李子尚、何道夫、徐立之纂輯而梓行②之,雖不足以盡侯之政,而舉一以概其餘,因言以求其實,則可想像於言議之表矣。夫慈母之煦子,春雨之潤物,發於至誠,泯于無迹,而受惠者莫能形容焉。

　　兹刻若干卷,皆地方切要之議,在昔不可無,而在後不可廢。蕭人之所以欲存者,三造士之輯梓,將表及民之政,繪不朽之圖,豈惟一時緩急之需哉。展卷三復,將無江漢並傳者乎?他年董狐之筆③,當有知所録者矣。山人之序,幸徵信焉。

注釋

　　①末議:謙稱自己的議論

　　②纂輯而梓行:將編輯整理後的文字刻印成書。

　　③董狐之筆:董狐,春秋時晋國的史官。指敢於秉筆直書,尊

重史實，不阿權貴的正直史家。

代方伯送參伯少川曹公陞巡海憲副序 承石屏胡公見諭而作，戊午稿

　　海道用兵，以文可乎？曰：兵以文爲本，以武爲用。審幾度勢，本仁酌宜，文也；批亢擣虛，料敵制勝，武也。故曰：詩書，義之府也；禮樂，德之則也。説禮樂而敦詩書，郤縠之所以爲名將歟？

　　少川曹公，河洛名彦，齊魯名察，借重浙垣，出入師虞，量宏而智遠，方有所賴。近該剡薦廷推，奉綸敕拜巡海兵憲之命。蓋公在海陵養民練兵，有干城之倚焉；繼佐東兖，簡修精良，有鄒魯之風焉；僉憲山東，借兵輯強，有海岱之望焉。文獻得於鄉，詩禮得於家，切偲得於師友，行義樹於官序，蓋文之精者也。揚歷海甸甚久，利害之機，安危之勢，險易虛實之形，故心存而目熟之矣，移而治兵於武，何有？然曰："毒天下而民從之。"又曰："師：貞，丈人吉。"制兵，其得已耶？有輕典，有中典，有重典，而又不得已，則兵焉。《洪範》之政，所以次於八也。方今東夷犯順，七年靡寧，台明坐困，吴越繹騷，仰賴督府胡公節制于上，事有統紀。而前任海道方湖王公推秉閩鉞，將故迎

新，上下未熟，脩內攘外，戎務方殷。則今固裁制之時，其可毋兵乎？

拜命之吉，渡江東巡，某與惕齋諸公餞浙水之上。少川公謙虛請益，有鶺鴒在原之誼焉；稚歌投壺，有折衝樽俎之暇焉，座中歡容動色。某以齒序居長，常聞教於先哲矣。中國者，聰明神智之所居也，萬物財用之所聚也，賢聖之所教也，仁義之所養也，詩書禮樂之所用也，異敏技能之所施也，遠方之所觀赴也。蠻夷之所欽服也，故曰：惇信明義，中國之道也；懷利尚詐，夷狄之道也。自古聖賢不慮其來，而慮我之無備。務懷其內，不求外利；務富其民，不貪廣土。豈與小夷校往來之數哉？彼犬羊之性，輕而不整，貪而無親，勝不相讓，敗不相救，先者見獲必務進，進而遇覆必速奔，此其技之所以不逞，而中國仁義禮樂之師所恃以泰山喬嶽之安也。至於用兵之道，馭將而賞罰明信，饋餉而樵糒以時，理兵而措置得宜，建軍而心力惟一，養士而感恩奮勇，行師而紀律惟義，則少川公留神蓄慮，非一朝矣。漢人有言曰：自古聖王不臣異服。非德不能及，威不能加，其獸心貪婪，難率以禮。是故撫綏而羈縻之，附則受而不逆，叛則棄而不追。誠以仁義為坊，禮樂為訓，賢人為兵，君子為守，則中國無犬吠之警，而邊境無鹿駭狼顧之患矣。

少川曹公曰：長者之言也。盍書以示行者？觴三行，各稱詩論志焉。某公曰："申伯信邁，式遄其行。"言公之莫留也。某公曰："旐旟央央，八鸞瑲瑲。"言軍容之整也。某公曰："文武吉甫^②，萬邦爲憲。"言文事武備之全也。

注釋

　①文武吉甫：吉甫，周宣王賢臣尹吉甫，又稱兮伯吉父。"文武吉甫，萬邦爲憲"出自《詩經·小雅·六月》。尹吉甫文武双全，是諸國效仿的榜樣。

送大方岳希齋陳公入覲戊午稿

　嘉靖戊午冬，當述職之期，我浙大方岳希齋陳公^①甫畢試事，即辭司章，刻期戒行。浙士大夫若干人，議觴以餞公。公以朝廷軫念東南，諸司戒嚴，寔惟與憂，固辭不允。衆念公盛德，抑畏何乃至此？抑公此意，正浙人所以感公者。

　公舊以司徒大夫出守杭郡，飭兵衡永，晉陟總憲，揚歷中外，凡若干年。而左轄我浙，又四歷寒暑矣。適海邦多事，主客戎馬，供饋申索，惟日不給，大工材料，宿逋查理，額辦派徵，多方取應。而公凝重内定，崇尚風節，毅然以身任之，竭其忠貞，以持國是。雖冗劇蝟集，糾察辛甘，未易卒定。公茹以宏量，鎮以雅量，從容裁決。撫按允行，司屬敬服，而浙人陰受其賜，猶不自滿假。公竣之暇，開誠布公，延訪賢俊，虛心清問，凡民利弊事之肯綮，必先得之。視四海之內，如視其家，欣戚係之。見善不必己出，采之若恐不及，得人惟恐不用，用之唯恐不亟。蓋包荒之量，馮河之勇，不遐遺遠之慮，朋亡無我之公，兼得之矣。至於撫按戎臬，出入僉謀，可可否否，惟君惟國，惟天惟民，在己在人，惟善是用，休休有容，汪汪襟度，非言語所能形容者。是以數年以來，百僚屬郡，相師多遜，無復嫌疑之迹；文事武備，整戢效用，無復脂韋之患。僥倖裁抑，樸茂成風，人知俗尚丕變，而不知公之精誠廉白，公之風采凝峻，有以表儀于上也。身繫東南之重，而憂形話言，仰瞻四顧，情不容已，公之心，天實鑒之。

況公偉觀玉立，魁梧都麗，蓋八閩山川之秀，詩禮寵厚之澤之所均萃，宣靈胤淑，間氣不凡。而又純孝出于天性，友愛洽于鄉閭，得之仕閩者爲悉，而惠澤遍于海宇，行義服于縉紳。皋親見之，鎮衡時成，臨烝橋山裂石，有紀字之異，石屏胡公著《天人交濟錄》以傳于世，自非至誠感格而所至著裁，成輔相功歟？今廷推屢屢，帝心當簡在矣。顧中實外晦，素不養交，甘久淹于紛翔競鶩之時，則又公之天性不可移易者。器宇足以消邪心，介立足以廉偷俗，古之人不是過矣。故凡兩浙，才有小大，事有異同，制有因革，而公之權衡矩矱，恒自素定。

　　茲行也，詢采之覈，藻鑑②之明，取舍之公，一舉一錯，拔真斥僞，鼓舞歆動，有不可易者矣。餞公之心，誰其無之，而分乃未敢。諸大夫相率行禮而退，皋不佞，且不敢當贈言之列，辱公愛厚，僭爲之序。

注釋

　　①希齋陳公：陳仕賢，字邦憲，號希齋，福建福清人。明嘉靖十一年(1532)進士。曾知杭州，升浙左轄，官至副都御史。撰有醫學著作《經驗良方》。

　　②藻鑑：品藻和鑒別。引申爲擔任品評鑒別人才的職務。

壽東溪鄧翁七袠

　　人壽，率期百歲而稱上壽。堯舜則又過之。人孰不欲？可倖致哉？心，即天地之心；氣，即天地之氣。休咎之徵，自我發之，感召之際，其機甚微。爲人上者，課樹藝節，土木布文，教崇樸政，致極中和，調燮氛祲，則乾清坤夷，坎止艮靜，而民物咸若其生，壽以天下者也；立家者，慎起居，崇儉素，勤課訓，敦行義，誠心貞度，戒謹嗜欲，則耳目聰明，血氣和平，而子孫善守其法，壽以一家者也。

東溪鄧翁，早承西湖憲察翁家教，而親師處友，屢戰秋闈，經史蓋已淹貫，而世故靡不閱歷矣。方仕廣陵，及時勇退，蓋全身於畏途深穿，不以五斗紅腐折腰。謝浮華，返常服，歸故廬，存舊器，桂屏竹徑，披襟露臆，優游于懸崖倒樹、綴丹叢翠之間，嘯長風而弄寒月。君子謂之有見。誠不可及哉！閒情逸興，雅好文墨，牙籤萬軸，寸楮不毀。義方之教，篤于子姓，賑族賙鄰，各感分惠。四海論交，門巷多長者車轍，而雅歌清觴，座上常滿。至于解紛赴難，退各無辭，契重金蘭，往來酬倡。今壽登七十，精神風采，猶盛昔時。省治甲姓諸大夫士，莫不斂容加敬，傾心服義。雖兒童走卒，皆稱有佛心焉。何修得此耶？

嘗見汝湖謝學士題公尊顏曰："公之宅心，不忮不求；公之待人，和風甘雨。"深知公者矣。部使者時常起居，郡大夫屢延賓位，彼以采風爲職者，殆有所考而不忍釋歟？都省山川，龍蟠鳳舞，鍾發靈秀，元夫林立，固壽鄉也。尊翁西湖憲使，德施旁溥，積累敦厚，橫金皓首，固壽種也。又況世德繩武，有培壽之基；平心率物，有躋壽之地。而誕賢于孟冬，物成之時，順養天和，葆合元祉，適當其時。弄孫貽翼，結盟耆壽，俯仰詠觴，此樂何極？夫道不行之天下，猶可斂而行之一鄉。景前修，崇令德，立時輩程式，以還淳古之風，斯居鄉之作用。使凡居鄉者皆如鄧翁然，非止一家，而達于天下，共躋仁壽矣。《書》曰："是亦爲政。"是之謂歟？

杭與蕭，跨江南北，纔三十里，往來問遺，頃刻而至。皋少公十有八歲，辱忘年，念惠親情友誼，入公夢思。風晨月夕，公亦懸予幾臆也。每欲圖二真于古石蒼松之下，以表世好之厚，形求意索，示不遐遺。宋洛社耆英[①]九老之會，有年未及者，予不敢望溫國，竊比方外名流之康節，幸得追陪屨杖，恣談笑焉。

注釋

①宋洛社耆英：宋朝文彦博與富弼、司馬光等十三人，用白居易九老會故事，置酒賦詩相樂，序齒不序官。爲堂，繪像其中，謂之"洛陽耆英會"，好事者莫不慕之。後以"洛陽耆英會"指老人聚會以詩酒怡情悅性。

壽十七叔母沈八袠_{丁巳}

叔母沈氏，壽躋八袠，姪等願舉一觴，屢命正之。皋惟人生六十，即以壽名，七十謂之古稀，況八十乎？

我叔母生長巷沈宅,航南翁早授之書,教之道義。我
外太祖知足翁、舅祖豫庵翁,嗃嗃①家教内外。夙嫻義訓,
而叔母尤所鍾愛。越中諸名家,求之不可得也。我祖母
姑姪至戚,素以叔父醇謹相攸而締好。叔祖累世之積素
厚,而航南翁宰湘潭,裝奩頗殷。叔父母布素茹淡②,合心
起家,人稱其能。家雖有餘,以自殖爲恥,恤貧周匱,人稱
其惠。翁家好賓客,叔母曲承之,茗饌蔬醴,先意從事,了
無違者。置産增直,不以爲費;蒲座應酬,不以爲濫;歲時
饋遺,不以爲繁,人稱其順。中歲失子,勸叔父卜妾立嗣,
容與將順,意氣孚感,蓋已無望於其身矣。四十一而子九
敘生,六十有一而孫世雍生,授書遊學,成人有望。叔母
無心而有後,二娣有寵而罔出。故曰:天之所助者,順也。
適蔡長女甥某某,皆所撫教,發科有期。幼女許華弗禄,
代華求婚于董,歸華之奩,撫華之甥,猶蔡焉。專以撫育
爲事,成人爲心,内外子姪,一體相待,厚之道也。叔母在
室居長,仲爲周母,季爲大司寇何夫人,數千里外,歲時問
遺如東西家。至如家事,昔曰問吾夫子,今曰問吾子婦。
表儀内政,各任以事,無專遂也。蓋無言之大夫哉。
《詩·樛木》③美逮下之仁,以基螽斯麟趾④之盛。而《小
星》曰:"寔命不猶。"欲感之化,刑于有賴焉。叔母于諸娣
姒,意不獨致,言不獨然。大義所在,他人力争弗得。從

容一言，怨妬爲釋，使其終身戀戀而不忍頃刻離于側。真得二《南》之風矣。叔母未笄以賢（問）〔聞〕，尊輩以孝聞，姒娣以睦聞，娣姒以友聞。伉儷白首無間言，親疏上下無替敬。可謂賢婦賢母。蓋繼長巷沈宅之風，而無負我祖母當年相攸之心矣。

禮稱百年曰"期頤"。頤者，養也。或以燕，或以饗。燕主愛，饗主敬也。念我母少兩月而序居長，二十年來，禄不及養，春暉罔報。所以古人愛日之誠拳拳焉，胡可以弗賀也？諸兄弟曰：諾。相與序次其説，而稱觴致詞焉。

注釋

①嗃嗃：出自《易經》。指樣貌嚴肅冷酷。

②布素茹淡：生活樸素低調。

③《詩·樛木》：《詩經》此篇常被認爲是在歌頌婦人無嫉妬之心。

④螽斯麟趾：比喻子孫成群，家族興旺發達。

壽魏母趙太孺人丁巳

甲寅冬，崐山魏侯蒞蕭。乙卯夏秋，方籌海上之警，未惶迎奉尊慈。丙辰春，太孺人就養于蕭，皋拜半面之嚴于帷外。是年仲秋三日，侯隨守巡參戎龕山[1]剿寇，次脱退寇。初五雞鳴，我侯入城，方欲爲太孺人稱壽，亟止之曰：强寇新退，上司在境，瘡痍未復，慎勿外揚。休衙舉觴，無人知者。君子曰：先期退寇，純孝之足以動天也；禁勿外揚，内政之嚴于自檢也；閉門申敬，一樂之自得于天也。賢母賢子，可以立教矣。

夫乙卯，楚越之域，馳思于瞻雲。丙辰，封疆之憂，側身于靡鹽。今海宇清寧，秋日晴爽，天時人事，和氣怡容，雅奏清觴，芳旨萬選，仰祝俯獻，此樂何極？士之素養而不遇，遇而職守修阻，不獲申孝敬者，豈少哉？樹萱之詩、燕喜之頌遠矣，然尚齒好德之義，今古人情同也。緬聞太孺人事倬翁有禮，操家務有方，早見侯之向學也。無誑教信，丸熊[2]教勤，減油滅火以教之博誦强記。凡飢食渴飲、凉葛温裘，靡不各適其候。侯得從諸名儒遊，而大肆其力于文章。至于酒醯肴核，必躬精潔；僮婢力作，夙興倡率；賑窮恤匱，視力所能；内外大小，獲濟者衆。是以厚德獲福，侯弱冠登科。樂育多士，爲賢師母；出宰我蕭，爲民王母。而姑氏歸漢門黎公，松江郡伯也。相迎養翟，乘彩鷁，往來越山吴水之間。施報如禮，閑範有度，蓋若丈夫之爲者。南北水陸之珍，朝夕集于左右。時祀日燕，腥饌酥醴，靡或不腆，隨取罔乏，羡餘以需緩急，餘惠以字群下。太孺人心樂身裕，壽而益康。侯公竣侍側，雅歌宥觴，愉色承歡，慈孝之相成，有如是者。自今名位日弘，禄養③日備，心慰體康，將益昌矣。《詩》曰："純（蝦）〔嘏〕爾常。"萬有千歲，其魏侯之心乎！其我蕭士人之頌乎！

注釋

①龕山：龕山在浙江蕭山東北五十里。與海寧赭山對峙，舊有龕山寨。

②丸熊：唐柳仲郢幼嗜學，母韓氏用熊膽和製丸子，使仲郢夜咀咽以提神醒腦。後以"畫荻丸熊"稱贊母教有方。

③禄養：以官俸養親。古人認爲官俸本爲養親之資。

封刑部主政祝兩山五十壽篇_{辛酉}

金華餘暨之山，經天落而之越城，翔舞蹲聚，列屏列嶂，過者莫不稱美。越城，其會歸也；天落，其翁聚也。山幽而深，水清而冽，武陵仇池，或不是過。祝兩山氏，世居天落，林花陰蔚，堂搆鱗次于青山喬木之間。其長者少者，或耕或讀，淳然有古樸之風，良有得于兩山之助者多矣。

祝君敦本好古，沉静簡默，事其尊翁甚孝；奉其兄、友其弟甚雍;與其配茅母甚睦,教其令嗣成吾先生某茂才義方之訓:親師處友,必慎必恭;訓其女以敬戒相攸,歸姪某族,以賢婦稱。齊家敦睦,事事可法。嗣成吾先生,文學行義,早年穎脫,英才逸發。于乙卯南宮連捷,于丙辰初授南刑郎署,用法平恕,訊讞多允,留都縉紳,咸欽服焉。三載奏績,考最,封兩山,如其官;茅母爲太孺人,今年齊壽五十,正康強冲茂之年,釋韋布,承命服,以榮于鄉,真人中仙也。五月誕賢之旦,成吾自京奏績而歸,與其弟某茂才持觴稱賀。列筵來賓,清歌雅奏,庭幃雍穆,笑語生香,人間樂事,莫可言既。

猶子某索文稱壽,顧衰薄,奚以稱述?緬惟寒泉祝先生登成化癸丑科進士,由刑臺守南昌,時有青天之號。其孫夾山發科佐郡。兩山固夾山昆玉也。成吾發跡,雖與寒泉先生同,而干將在型,芒刃未露,含養冲素,大授可期,固于名山勝境預占之矣。休哉!五十稱壽,壽之始也;五十子官,福之始也;子官而榮封,榮之始也。予惟德以福徵,福以壽永,壽以榮昌,兩山兼而有之。由是而金紫重封,期頤康泰,始于家鄉,達于四海,端不在于一時而已。但伯玉五十知非,而《洪範》五福,歸諸好德。願君恒持此心而不變,敷衍世德于無疆,則亦山人遐祝之意。

歐陽柏庵①邑侯出簾

　　浙省縣治八十有奇，而蕭山最稱繁劇。自魏侯陞任，懸缺三年，率搖首莫肯就者。銓曹推彭澤柏庵歐陽公以名進士出宰我蕭。

　　蕭山素聞彭澤清標，柏崖奇絶。秀鬱自天，名賢資静修之趣；柴桑舊里，令人興景仰之私。我侯天資剛毅，守道不阿，仕優而學，熟復古書，充之以博，養之以正，所行寬嚴有制，周密罔缺，蕭士民欣欣然有喜色。邑曰有理，施及鄰境，遐邇積疑，亦質平焉。代巡春洲崔公知信之篤，讜允議從，神交意注。雖册事方殷，東南屏翰，公牒叢委，而科場文事，首先檄侯。蓋春洲公嬰寒疾，雖新愈，鎖院諸務仰成甚殷。更書秘號，宣對分閲，目收其精，手檢其數，神究其微，心與其妙，分思寄慮，修文蒐士於卷帙浩繁之時，以成一省之録，斯亦勞矣。夫惟校閲之勤，而得人衆；簡選之慎，而拔士精。願獲真才，以充任用，則甄別之心也。國初潛溪宋公、義烏王公、誠意劉公，深與洪都司成胡公，而太學政成，有胡安國之號。文祖時，江右胡文穆公、金文貞公纂修《五經四書大全》，而引會稽刑侍章公、慈谿司成陳公同修參訂，名垂汗簡。若我南野夫子，

侯之令族，文章德行，爲時名臣，而心源意緒出自陽明先
生之門。要之，江浙師友之誼，源深流長，範模式德，自昔
尚矣。不知今日所舉之士，果能上佐聖明，藻繪人文，昭
宣鴻化，以比良前休乎哉？果能仰體陶鑄之誠，而以經濟
存心，氣節自命，不負竚望乎哉？是未可知也。由前言之
則爲勞，由後言之則爲慮，亦盡其在我而已。此固我侯與
人爲善之盛心也。行將都顯秩，容與海内之豪俊，與人之
善，日益廣大，波潤之被，感仰之忱，豈唯蕞蕭僻壤而
已哉？

　　九月初吉，我侯竣回，蕭之鄉大夫士瞻迓于西陵之
上。無可將敬，役皋致辭。顧寒林凍翅，胡以摹仿長風寥
廓之鵬翮。姑述江上所論而序次之，申闔邑同迓之私云。

注釋

　　①歐陽柏庵：歐陽一敬，字司直，江西彭澤人。嘉靖三十八年
(1559)進士，授蕭山知縣。徵召授職爲刑科給事中，官至太常少卿。

邑侯歐陽柏庵膺獎序

　　浙東再涉江海，舟楫頗艱，省免漕運，而從便輸南都
之糧，制也。南都部院統各衛之巡官守卒，月餉供饋，悉

仰給焉。徵輸①愆期②，則沙頭③偶語，洶洶不靖，非止脫巾求糧已也。庚申之變，頗切杞憂。祖宗留都，根本重地，郡國不體，胡以寧本。特設大中丞，總督糧儲。解不如期，則糾糾必懲；運不得人，則侵侵必追。那移侵抵，累歲不結，跋胡疐尾，百邪畢露。往來繹騷，小民始有分外之事，而額徵①未嘗免也。

今歲，南都部院會議征運及時，咨行浙省，旌我柏庵歐陽邑侯，與昔年事殊，改觀監司，崇禮于上，僚屬吏民，忻感于下，相聚謀于某曰：歐陽公蒞蕭期月而獲上治民，相得之速，何以揚休而永垂後式？某不能文，而風聽臚言，可述其概矣。我侯文名宦業，至即稱著。觀其鞫獄，匪惟⑤精比法之詳，而尤持簡重之體；觀其征賦，匪惟如議單之速，而且多釐弊⑥之功。始而選排年、充糧役也，彼此幣納，互相抵償，永無折閱之患；繼而覈歲計、預曉示也，銀米腳耗，起存本折，明杜飛灑之端；中而置鈎櫃、投各折也，兩平兌封，早晚譏察，預免侵漁之失；終而擇殷良、齎折價也，糴兌從宜，身親其事，庶無那移之虞。總牧類解，條理分明，上賦下供，毫粒無爽。他如比投起運之期，里運自納之便，因事立則，摘隱發幽，困窮重蒙其惠，市虎莫售其奸。刻期發運，立限撤單。夫撤也，豈惟留都哉？京折省府及沿海倉儲，靡不齊撤，一洗相沿之習，以立畫一之規。宜上下之知信，而政聲之日起也。夫旌也，豈惟彰賢已哉？旌一縣使，緩不及事者，脂韋長奸者，是愧是懲。諸省府悉得若人，布列在位，留都不惟九年之積，而本支百世，恒有賴矣。胡可以弗旌也？是旌也，豈惟一時觀美已哉？休聲大起，行將內召，臺諫翰撰，由此而選，若建瓴然，宜無難者。

　　然竊有請焉。人情多銳于始，而惰于終。時人多喜其進，而忌其盛，何如而可？我侯預養匡廬⑦白鹿之上，閱歷蘊蓄，運用默契，有素定矣。奚俟劵言哉？但願永垂良規，長來旌擢⑧，則蕭闇邑之幸。它年逸能思初，容忘托始於今哉？於是乎書也。

注釋

　　①徵輸：徵收賦稅輸入官府。

　　②愆期：誤期。

　　③沙頭：指沙田的總佃者。沙頭向田主租入大量沙田，轉手分租給他人，以收取地租爲其主要生活來源。

　　④額徵：應徵稅賦數。

　　⑤匪惟：不但。

　　⑥釐弊：整治弊端。

　　⑦匡廬：指江西廬山。相傳殷周之際有匡俗兄弟七人結廬

於此。

　　⑧旌擢：表彰提拔。

吴三尹①膺獎序

　　邑三尹②慶湖吴君翊，贊柏庵歐陽侯協理縣政，兩年于兹矣。水利之修，鹽政之理，江防之緝，靡不殫力。代長公勞去，久攝糧事，漸次科徵，凡有施爲，悉受成算。無專遂，無獨成也。徵有緩急，鞭有輕重，奉命惟謹，求當其宜，鄉市服其得體。柏庵公握機于上，而慶湖君協贊于左右，獻可濟否，以完一年糧政，可謂能任事矣。

　　今春部運留都，留都衛士請糧數月未得，臺省方切憂危，喜其來之若時雨。而究其追徵之有自樂，與其幹理之明爽也。早撤批單以歸，各省府未能或之先者。及秋，南都部院移咨浙省，旌禮柏庵公之賢，而獎慶湖君之勞。慶湖不敢居，而歸功于長公，長公不自有，而歸勞于僚佐。吏捧幣冒雨入山徵文，揚慶湖君之休。是休出自長公，慶湖仰承之耳，濟濟相讓，君子謂有古之風焉。緬惟中世士大夫好修文事，而緩于錢穀之判，是未知紀綱之大者。《大學》治平之政，首論理財用人。小大精麤，靡不融會。宜于此而拂于彼，非全才也。慶湖君靖恭愿飭③，以自修其職；聚精會神，以將順長公之命。而徵糧部運，暫攝不辭，紓安靖之資，守畫一之政，循途按轍，計日任事，遵而行之，事日以理。一堂之上，一時聚會，斯亦難哉？昔王良、造父①之御也，上車攝轡，六馬整齊，舉步拔足，勞逸調均，心怡氣和，休便馳輕，左右若鞭，折旋若環，周流八極，萬里一息。此惟心一而能妙其用，古今莫不稱其巧也。慶湖君練達世故，而善藏其用，他日所就，胡可量哉？

山人所欲言者，漢賈生曰："失時不雨，民且狼狽；歲惡不入，民將嚚子。即不幸有方千里之水旱，國胡以相恤？"去秋方秀而螟⑤，今冬將穫而潦，穀多腐敗，則水利之憂也。道路傳聞，協恭堂上，早爲疏泄、蠲免之策，必有惠鮮。休息之政，民其有主乎？歐陽公曰：是誠在我。民之司命者官，而恃以爲命者穀。正謀所以預處者矣。

注釋

①吳三尹：吳臬，餘干人，嘉靖三十八年（1559）任蕭山主簿。

②三尹：即主簿。

③靖恭愿飭：以誠實恭謹的態度奉守職務。

④王良、造父：春秋時晉國的王良和西周時造父的並稱。指善於駕馭車馬的人，也泛指能工巧匠。

⑤螟：吃幼苗的害蟲。

卷二　記弟九川校輯

蕭山縣鼎建石城記乙卯稿

　　蕭山濱江設縣，拱衛省治，控制東南諸夷，浙東之咽喉也。自古無城，殊爲缺典。嘉靖乙酉，有西興[①]之警，議建城而未果。壬子春，台温鄞姚被海寇患，而癸丑尤甚。請設都憲，節制浙閩軍務，便宜行事。而思質王公[②]開府之始，首主城議，華江施侯謀之。士民曰：時詘[③]民瘠，胡以充役？再三請諸當道，將欲寢其議也。時則分守近山許公東望，度地審形，以奠規制，掄材確費，以播民和；郡伯宛溪梅公守德，首發府藏萬金，率先舉事；方伯可齋游公居敬，錯綜斟酌，以考經費。委官核城，環週壹千貳百伍十陸丈較强，周尺之半。議城每丈糜椿、石灰、磚、匠價二十四金有奇。及門樓橋舍，共叁萬捌千捌拾玖兩有奇。發司帑二萬貳千捌百捌十有奇。税邑田畝及八甲徭銀，充其數。料價悉給于官，而轉移力役則委之蕭民，皆質成于撫臺思質王公忬，代巡劍門趙公炳然[①]區畫考覈。獲請受成,厥惟艱哉。

　成命既下,華江施侯不能辭,乃身任之。日夕勞來我民曰:官發料價,民輸力作,勿憚城勞而思城樂。勞之一時,功在萬世。上下一心,乃克有濟。則率僚屬,躐山涉水而經營焉。爲陸門四,爲水門三。東盡民居,南包黌校,西倚西山,北依幹山。其間跨山者二,跨河者十,歷池浸者十有二,撤民居者二十有四。夫民居也,規畫直方,勢難紆避,賞之直已耳;山之高也,運石陡峻,匪力弗登,助之工已耳。水之深也,柵堰填窒⑤,則斛⑥乾之難;塗淖泉靡,則徹底之難;松樁鱗次,則下實之難;腥鐵彈石,則填陷之難;攻石布墁,則細密之難。臨深負重,苟一隙之弗料,亦虛費耳。侯之清問精思,靡慮不周;遠望近察,靡武不到。謂泛役不可以責成也,計里排而均授之,領直輸材,各有定地;謂市民稍便于工役也,計產積而優禮之,營高填深,各恭一事;謂熙載必賴于董察也,鳩萬丞鵬督東南隅,張簿瑭督西北隅,其東北隅則王尉元貞督之,簡脩董惰,罔敢或後。

　始事之日,仲冬也。蕭民子來,伐松負石,舟航絡繹。侯戒勿亟,先杵地脚三丈有奇,而固之以松樁。然後巨石從衡壘置,填以亂石,實以膏壤。高有二丈,廣與崇等。礱石爲面,埴磚爲雉,雉計二千伍百捌十有四。要害之處,外張敵臺。城内外各留地三丈以爲馬道。外道之外,塹濠三丈,取土實城。夫是以城石粘膩而不崩,城濠清深而無滯,蓋一舉兩得,非侯精思之所及哉?

其樹四門也,仰法員穹,俯式方矩,闔闢以象,陰陽四列,以象時序。外爲甕城,左右張拱,後先西顧,重門擊柝,封守斯固。旁爲水門,節宣霪潦,以敷農功,利涉舟航,而承憲艦。四門之上,各崇以樓,内爲巡舍,壯士守之,以司啓閉,譏察非常,而嚴鎖鑰也。周城窩鋪二十三座,排户城守之所休息。東門外,示農亭,省畊之所先及也;西門外,河陽館,駐星使之節;北幹山,四望亭,哨江防之信。石橋聯絡,以固地維;沙堤帶圍,以便行旅。城基濠道、野民田土,計畝給價,糧差派諸,通縣里認,五分有奇。委曲布置,非侯經畫之精詳哉?

至其名門之義,西爲“連山”,樓爲“聽潮”,署水門曰“越臺重鎮”;南爲“拱秀”,樓爲“拙政”,署水門曰“清比郎官”;東爲“達臺”,樓爲“近日”,署水門曰“派入三江”;北爲“静海”,樓爲“脩文”,外阻幹山,而水門省設。其命各名,無過托物自况,因文寓意。施侯意向之高,律己之潔,可想見矣。

人見嶽聳雲連,瑶城壁立,威振風塵,神凝星月,左瞰赤城,背泡清浙,湘湖右澄,南山障列,過客眩目,妖夷奪魄，以爲斯城之殊觀也。而不知心思勞于晨夜，精神疲于酬答，足力健于步趨，勸相煩于言説，民力憫其艱辛，帑藏慎于給發，未有繪侯苦心悴容于城表者。侯當羽檄交馳之際，指揮從容，動中肯綮，不呕不弛，底定金湯之業。

始末百日有奇，孟夏六日，告成事矣。不踰月而侯有司封之擢，星軺速駕，奚計追攀哉？侯去于甲寅五月。是年，海寇犯蘇松嘉湖，越幸無事，莫識城居之樂。及今乙卯五月，大舉入寇，海上夷航殆遍島嶼，西逼杭城，東逼會稽，鄉民狼狽鹿駭，水陸奔城。時賴峴山魏侯堂懷來容保，俾各有歸，戒備整嚴，而咨群策。皋隨里居之末，受魏侯之命，備役南樓，竚望東西烽燧，徹夜莫能寢。六月廿三日，賊突城下，見我有備，相顧駭愕而遁。蕭人方知保障之功。鄉大夫士及造俊之士、耆壽之氓，相率索記于予。

追惟侯姓施氏，名堯臣，池州青陽縣人。庚戌進士，出宰蕭山。皋不能文，故記建城始末，以侯名筆考定云。

注釋

①西興：渡口名。位於今杭州市濱江區。本名固陵，相傳春秋時越范蠡於此築城。六朝時爲西陵戍，五代吳越時改名"西興"。

②思質王公：王忬（1507—1560），字民應，號思質。南直隸蘇州府太倉州（今江蘇省太倉市）人。南京兵部右侍郎倬之次子。嘉靖辛丑進士，歷官至兵部右侍郎、兼都察院右都御史，總督遼、薊軍務。嘉靖三十八年（1559），以吏兵之辭有連，其明年十月朔，被禍京師。隆慶初平反。有子王世貞、王世懋。

③時詘：艱難的時候。

④趙公炳然：趙炳然（1507—1569），字子晦，號劍門，劍州（今四川省廣元市劍閣縣）人。嘉靖十四年（1535）進士。累官至右僉都御史加兵部尚書。明穆宗隆慶元年（1567）因病情加重，告老還鄉。三年（1569）復起趙炳然以兵部尚書掌南都察院事，詔書到時，他已去世三日。朝廷派員前往祭祀，贈太子太保，謚"恭襄"。

⑤填室：用泥土填塞。

⑥剚：舀取。

月巖太極亭記丙午稿

營道山，衡嶽之南一支也。其西爲營陽山，層巒疊嶂，翔舞而南，爲永明，爲桃川，爲枇杷，則廣西全、灌、富、川、恭、賀界，苦于猺患，建有白雞、固西、石螺、鎮峽諸營，列戍以保障之。

福清希齋陳公仕賢，秉節衡永，三年于茲，整飭邊務，歲恒二巡焉。嘉靖丙午冬十月，揚兵西入，搗其巢穴，稍張軍容，以安反側。自固西而將之永陽也，道經月巖之下。皋備屬員，寔從以行。希翁停驂[1]而瞻望者久之，進皋而詢其説。

皋乃言曰：兹東巖者，前人書曰下弦月；兹中巖者，前人書曰望月；兹西巖者，前人書曰上弦月。蓋有見于左右巖洞，中天圓瑩。東望若胐[2]，璿宇旋空；月到天心，恍然懸甕；漸入西巖，未雲玉蝀。猶朔幾望，將霧而曹。是固上天垂象，地理奇中，騷人留題，本來妙用。而未知中虛者，太極原始；左右者，陰陽列峙；巖前四峰，四象來㕑[3]。此乃先天之理，奇偶之軌，五氣順布，四時循蕃，流行坎止，成男成女。自古及今，積葷而紀，渾沌之元，履端于始，非必象形，求其相似。在昔有宋濂溪周子，仰觀俯察，默契道體，探圖著書，上窺涯涘。道喪言湮，識者凡幾，天作高山，蕪穢不治。

公乃命披載途之荆，營太極之亭。經費無備，重于舉贏，則有庠生獻策，匠石攄誠。掄材[4]于山，伐石中陵。範金陶瓦[5]，價廉工能。越審規制，東向啓明。統于一極，翼爲二層。洞開四牖，以宣八風。地勢崇卑，漸次削平。夾室二楹，相繼經營。石垣周札，壁立如城。亭下蓮沼，泛濫清盈。諸峰羅立，森如列星。太極扁閣，圖畫座銘。上契淵默，仰止誠明。停驂論道，趺石談經。玄窮易聖，旨究洛程。武弁而下，圜門以聽。威靈廣被，惟吾德馨。文事武備，一舉兼行。移風易俗，政徹刑清。將以崇德，匪示雕甍。渾堅樸素，庇我後生。

是役也，捐俸助役，緩囚省刑。庶民子來，不日而興。皋寔守土，樂觀厥成。中有嘉石，爲公勒名。

注釋

①停驂：停止前行。驂，本意是古代駕在車前兩側的馬。

②朏：新月開始生明發光。亦用於農曆每月初三日的代稱。

③阰：臺階兩旁所砌的斜石。

④掄材：選拔人才。

⑤範金陶瓦：指建築的材料。

永明縣聚樂所記丙午稿

皋視事永明之三日，謁先師廟。既而登進諸生，講論經學，諷諷①焉，揚揚焉，氣之昌大，可以觀矣。比達觀黌舍②，則頹垣敝宇，東拄西撐，寔弗稱是。謀所以振茸而修飾之。

教諭蒼梧廖子進而言曰：學之左偏，西經僧寺也。中有僧會司三間，夾明倫堂，阰南爲誠德齋，北爲名宦祠。

講明正學之地，而僧舍錯雜其間，無以示諸生要歸之極，盍辟諸？於是召僧，則久亡矣；居之者，三生也。進三生而問焉。有欲自便以爲居業者，導之公共之義，以成相觀之化，三生曰：諾。於是東崇垣墉，南啓門户，下除草萊，上施黝堊。扁其所曰“聚樂”，以爲師生講習之地。而徙僧會司于寺之後室焉。廖子請申其説。

皋惟永明，營道之屬邑，濂溪周子之故里也。程朱之學，所自出焉；周孔之道，所由明焉。山水清嘉，可以資静脩之趣；言行垂範，可以興景仰之思。士惟無志，苟欲上法前脩，不負所學，則嘉言善行，童而習之，有餘師矣。況有學以居，有廩以贍，有書以觀，有師儒以敦化，士生其間，可不既厥心哉。但學者立心之始，則有説焉。吾人一身，寔參三才，方寸之間，萬理明備，士之自待，顧可少諸？先儒曰：學莫先於義利之辨。又曰：爲己爲人之所以分，存誠之功未至，則務外而不情；集義之功或忘，則無主而氣餒。此之不審，皆苟而已。開設學校之本意，恐不如此。育賢設科，教且用之，具有成法。日望人材之成，求其自異於衆，而所習所養仍與衆同，則於經世之道，未能素定，而倖進之心，或未免焉。自反不縮，何以爲樂？是非所以望諸士也。今之學校，以孔孟爲師，以六經爲文。漸仁摩義，陶鎔禮樂，養育真材，益我元氣，培植基本。鼓舞群動,光昭史册,勒名鼎彝③。學成而體備,德尊而化光,是之謂實學。實學者,心安而德全矣。子周子曰:"其聚不亦樂乎?"諸生日侍主師之教,相聚一堂,進德備業,心融意會。課程日講,道義日明,几席之際,惟德之馨。教學相長,期于有成。子夏曰:"百工居肆,以成其事。"則以聚樂名所,不爲虛設,而永明諸生其不負廖子之初心哉。

廖子名紹裕,發科廣西省魁司訓。王澍、張祥雨,寔贊佐①焉。皋在永明十二日,奉檄赴省供試。事既,而蜀人謝天爵來治縣事,聞其説而壽諸石,以詔永陽之來學云。

注釋

①諷諷:謂以諷喻爲意。
②黌舍:學校。
③鼎彝:古代祭器,上面銘刻對有功之臣的表彰。
④贊佐:輔佐。

跋杭川一舸後_{癸丑稿}

西賓朱石峰氏持《杭川一舸》卷三十,前游藝閩中,諸士友所贈也。

予觀杭川者，閩江瀧石，至險也。一舸者，山溪小舟，至窄也。乘舟冒險，跋履山川以歸。回首三十餘年，朱顔鶴髮，童冠相從，養日益充，食日冲澹，終身而不變，可嘉也。

黃竹山人曰：西賓知卷之義乎？《易》曰："刳木爲舟，剡木爲楫。舟楫之利，以濟不通。"一舸之所自始也。"習坎：有孚，維心亨，行有尚。"①"習坎，重險也。水流而不盈，行險而不失其信。維心亨，以剛中也。行有尚，往有功也。"惟其心之誠一，故能亨通，處險之道也。處之有道，則君子揚舟，我心休也；共姜柏舟②，節可久也；秦伯焚舟③，以奏功也。如其無道，則二子乘舟④，伋壽爭而斃矣；舳艫千里，孟德勇而敗矣；樓船千艘，西晉荒而亡矣。故曰：水則載舟，水則覆舟。至誠可以通金石、蹈水火，何險難之不可亨也。君子脩其在我者而已。在我者脩，則牙檣錦纜⑤，瞬息千里；瓦甌蓬底⑥，捲釣獨斟，無不可也。在我之道，有所未盡，則鹽舟觸石，灰墟衲室，斛乾窮日，僕怠而躬惕，雖欲休役以尚寢，無虞⑦而宴息，且不可得，其何能濟哉？

石峰氏曰：先生教我矣。請復之。黃竹山人曰：就其深矣，方之舟之；就其淺矣，泳之游之。必也《谷風》之隨，宜曉披雲夢澤，笠釣青茫茫；必也太白之胸次，又有乎維心之所當知。

注釋

　　①習坎：有孚，維心亨，行有尚：出自《易經》。習坎卦即坎坷，克服重重險阻。重坎，有孚信，內心亨通，行動有功。

　　②共姜柏舟：周朝衛世子共伯妻子姜氏的典故。指女子守節。

　　③秦伯焚舟：出自《左傳》。秦伯伐晉，濟河焚舟。比喻做事下定決心，不顧後果。

　　④二子乘舟：出自《詩經·國風》。衛宣公之二子（太子伋與次子壽）爭相爲對方死。

　　⑤牙檣錦纜：形容船飾豪華精美。

　　⑥瓦甌蓬底：瓦甌蓬爲一種簡陋的船篷，形如瓦甌（陶製的小盆）。

　　⑦無虞：無需擔憂。

蕭山三政或問

　　或問：蕭山三政，何謂也？黃山人曰：第一，江村沈郡伯①清理田糧案驗。第二，華江施邑侯均平里役申文②。第三，施侯申請該催排年③代糧長徵運本圖稅糧原稿。三政,切蕭山民瘼而紀之也。

或問:蕭山之政,止于三乎？山人曰:蕭山名宦所及聞者,朱侯栻、阮丞璉、王侯聘、張侯選、林侯策,後先相望,留神蓄慮,灌注醇馥于邑之士民,善政典則,奚止三哉？然非可比而同也。

或問:所紀,何以切蕭民之瘼？山人曰:蕭山地當水陸之衝,民力官逋,日益可憫,竭力耕作而不能給其家者,全區糧長之累甚酷也。無藉之該催排年,外縣之官豪寄籍,節爲糧長之蟊蟊①,而水頭折閱亦果有之。加以地遠面生,狡俠撥制,徵收衍期,供費浩繁焉,得而不賠累哉？是必該催徵糧之便民也。蕭民久欲援他縣之例,該催帶徵,未得如其所請。蓋因黄冊相沿,排年世守里役之後,排該催糧,富者少而貧者多,山野貧民,一籌不展,鄉市無藉,百計侵漁,烏可任錢糧之寄哉？是必均平里役之便民也。識者欲均里役,則富家之田不掛戶,而受寄之戶非其田;田上之糧不隨人,而垛糧之戶全無產;匿膏腴而目之爲坍江,有開除而不歸于實;在買閒者以計脱爲幸,攬役者以招收爲能。雖欲均之,而不得其實。是必清理田糧之便民也。否極當泰,天理復明。江村沈郡伯清理田糧,而各歸本戶,則戶有恒產矣;華江施邑侯均平里甲而析撥如數,則役有定式矣;輪該催糧之年,僉認糧運所收止于本圖，則彼此互役而不欺，排役各有年分，則賦役適均而不偏。二公官不同時，而爲民之心長慮却顧，錯綜斟酌，務求當可。向非沈公，孰清其源；非有施侯，孰處之當。心源相授，始末相成，三政備之矣。

或問：三者，何以謂之政乎？山人曰：政者，正也。所以正人之不正也。今刻案驗申稿，歷歷所指，悉中肯綮⑤，自非正色臨之，悉心體之，則狡且富者日恣肆，而朴茂之民日受抑矣。三政之出，宿弊⑥一洗，貧富安業，詭詐息滅，愚不受欺，是正己而物正，民均而無貧焉。得不謂之政乎？

或問：沈公以受謗去，而子以正己歸之，何也？山人曰：沈公修政復古，清查田土，爲貧民也，勢豪何利焉？蘇子瞻所謂“恩德已厚，怨讟⑦易生”者，勢所必至。而蕭民設主私祀，比屋去思，惜士者猶未酬其望。世固有不相易者，爲民而勞心，爲民而受謗。民自知之，公自安之，得失，何損益哉？遇不遇，數也。君子據理論事，而數不與焉。

或問：咸則三壤勘合糧長，制也。山陰以爲擾民而蕭山以爲善政，可乎？山人曰：則壤成賦，以土均之。法辯十有二壤之名物，以教稼穡，古制也。但魚鱗圖籍久而散佚矣。推收不常，畦畛數易，移垎換隴，漫不省識。積弊日久,末流滋蔓。大抵大穫之田開下則,而上則之田未必稔;坍江之田不濱水,而新墾之田不自實;大户寄田於富灶而鹽丁影免,則雖數十頃而無力差之煩;奸豪灑糧于下户而貧老賠累,則雖數十年而無敗露之日;指膏腴爲坍江,則糧差可得而飛灑也;徵貧老之賠逋,則富家可得而坐笑也;摘茅簷爲里長,則華屋可得而買閒也;擠中户爲糧長,則里老市儈可得而脅詐也;灶丁受寄以免差起家,無藉攬田以認役覓利。民僞日滋,名實乖戾,則壤之法廢,土均無可辯矣。清查其容緩哉?山陰事體,所未知者,要非得利者未便,則慮事者未精也。若讓量出之田于瘠土,寬步弓之數于水鄉,山陰亦自心服。豈可以彼而泥此哉?至于勘合糧長之制,畿郡州縣,亦該催帶徵。本府新昌尚書何公奏准該催收運免僉糧長,數十年來,民甚稱便。蕭民久欲比例,而不可得。今觀施侯申稿言昌慮遠,竊欲求爲永例。未審天命從否。若究勘合之制,畿輔亦該催運繳,而况下邑耶?若究則壤之制,揚之下下,近乃爲全賦之入;青之上下,近容有不耕之田。要之,治道,因時者也。泥古而不宜於時,治亦不足觀矣。故善學古者,得飲之正,不必罍爵也;得食之正,不必籩豆也;得衣之正,不必冕弁也;得書與文之正,不必科斗墳典也。江村郡伯清查田土而得實,華江邑侯分析里役而適均,該催供賦而早達酌古之典，時制之宜也。雖未必事事當可，人人悅之，然田無匿糧灑糧，詭寄者不久而歸戶矣；役有定式，全區賠累者分任而更役矣。惟後來董册之賢，覈實而調劑之，善政寧有窮耶！

蕭山西捍大江，北揖省治，東濱明台，南環諸暨，陸海衝疲，日不暇給。東南小警，加以防江城守之役；客兵公使，輒有輿皂廩舟之需，稍不如意，箠楚不勝。户樞車轂，開闔突撞，早暮酬答，跛鼈困踣。蕞爾小邑，當方千里之控制。省治、諸暨，倚以爲安，坐視而不顧，我知必無是也。均之屬邑，苦樂不均如此，監司臨觀在上，未有愬其悉者。愚民欲撤白洋弓兵以充龕山之守，借諸暨工食協濟西興之用，申復湖州久假不歸之北折，分墾泌浦不耕代賦之湖田。額辦且不敷也，派辦合行于腹裹，而何概及于衝繁；民兵不容已也，勇士合取諸山邑，而何重役乎劇地？亦蕭政所當議者。乘闔邑耆長之請，露其緒于簡端。

注釋

①沈郡伯：沈啓（1491—1568），字子由，號江村，江蘇吳江人，嘉靖十七年（1538）進士，曾官南京工部營繕司主事、刑部主事、紹興府知府、湖廣按察司副使等職。爲人尚仁好義，爲官清正廉潔。著述頗豐，代表作有《吳江水利考》《南船紀》，皆入四庫存目之列。

②申文:行文向長官報告。

③催排年:舊時總管催徵錢糧的鄉里職役。里長負責催徵錢糧;里甲的總催,則由里長排年輪值。

④蟊螫:禍害國民的人。

⑤悉中肯綮:觀察敏銳,能掌握問題的關鍵。

⑥宿弊:多年累積的弊端。

⑦怨讟:怨恨。

重新長山浦張神①廟記 戊午稿

蕭山三面浙江,民田屢被潮患。縣東北七里,有山曰長山。長山之浦,翼然起者,張神廟也。自宋以來,民神其功,顏其廟曰"英濟"。蓋民之私祀、祈豐②、禳沴③、祖行、遠歸,往往即焉。

皋計偕時,訪神之蹟,有宋敕④二焉:在淳祐者,鄭清之所奉行也。謂嘗有惠於浙壤,農而宜稼,賈而利涉,威姿義概,弘於用物,封顯應侯;在咸淳者,賈似道所奉行也。謂生爲義民,學精行成,發廩以活饑餓,出力以濟婚喪,族黨稱孝,閭里稱仁,相與尸而祝之⑤。以潮爲患,復祠于水滸,堤岸以固,捍災弭患⑥,神之謂乎?部使者以衆籲來,上封護堤侯。敕雖兩存焉,而祀非典也。新林行祠,因禦潮之惠,本縣春秋二祭⑦,載誌可考。長山祖祠,有司罔司,裔孫守之,葺不葺惟民,歲久且敝。

　　嘉靖乙卯,海寇犯順,據龕山之險,以抗王師。總制梅林胡公宗憲,□月□日,提兵渡江。首謁西興新祠,遵江而東,拜展祖祠,長驅直抵山下。賊勢猖獗,方欲定策決勝,時將夜分,潛駐長山之末。露瞻星宿,則龕嶺青火炯然,眾共曰:神燈也。親至長山,禮祀張神。次夜,龕嶺紅燈遍地,戈戟森列,胡公知爲神助。智勇效能,醜類驚怖神威,垂首喪魄,一鼓而擒,渠酋悉殄⑧。公感神之靈,行縣,葺神三祠。西興、新林,助飭而已。長山祖祠,百金是錫。時魏尹堂措置,以大新祠宇,方公之當事也,鼓舞群策,而以神道設教。及平寇也,有功不居,而惟歸德于神。蓋思啓行翼,式教用休,天之所助,神寔祐之。

　　而張神滅寇之靈,殆不止此。柯橋賽會⑨,而寇即赴水;孝壩筏解,而巫預報期。凡寇所經,設牲而弗享,刲神而輒滅,褫落賊膽,翼贊王師,不惟邑之三祠,江南諸郡,無問城落,禮祀惟處。豈神求民,民有私於神哉。忠於國,故在在而顯;仁於人,故在在而孚。要之,除惡祐善,得天地之正氣爲多,而生榮死祀,亦理之不可廢者也。

　　於是乎記,而書董役姓字于碑之陰。

注釋

①张神：張夏，蕭山長山人。宋景祐年間（1034—1038），以工部郎中出任兩浙轉運使，首次發起將蕭紹海塘改建爲石塘。張夏死後，人們在長山建有張夏寢宫，新林建有張夏行宫，以示紀念。

②祈豐：祈禱農産豐收大吉。

③禳沴：祈禱消除惡氣和灾病。

④宋敕：張神廟留有两則宋朝（宋理宗淳祐年間和宋度宗咸淳年間）的敕令。

⑤尸而祝之：設立神主而祭祀之。

⑥弭患：消除禍患。

⑦春秋二祭：春祭在清明節，秋祭在重陽節。

⑧渠酋悉殄：將海寇首領一舉殲滅。

⑨賽會：一種用儀仗、鼓樂和雜戲等迎神出廟巡行的集會。

長山末鼎建總制梅林胡公生祠記

長山浦新張神之廟，皋既記之矣。魏尹堂復因民請依山末神廟建祠，肖我大總制梅林胡公生像，以表蕭民之思，而湘湖翁郡伯請予記之。

皋惟長山西接幹山，東踞江滸，勢如游龍，飛虹架空，擊霆而驅海。若秋高氣爽，憑虚覽勝，下視海邦，蕞爾[1]屯絮。潮汐之來，迅雷出地，雲動雪翻，江南第一觀也。當乙卯秋，胡公新承寵命，將佐初歸，師旅寡弱，地方可謂寒心。公秉大鉞②，精貫白日，奮其武威，運諸神策，龍驤虎視，廣覽八極，選用群策，大殲醜類，拯我生靈，免於危墜。功在彝常，豈待于予詞之贅耶？顧記非百姓里居，莫能悉也。追憶乙卯秋有龕山之捷③，丙辰春有後梅之捷，兩駐兹地，節鉞所指，戎裝所臨。公之精誠，殆非今日之閒雅，當有不言而喻者矣。方其狼煙遞警，羽檄星馳，鱷鰐鯨狂④，兕奔豕突⑤，裹瘡血戰，野骼沉沙，長風送腥，刁斗夜急，何等時也。公追剿督戰，屢至山末，與賊相距，曾不數里，而從容暇豫⑥，運策審幾，露宿風餐，觴詠不廢。辛苦萬狀之時，若無事者。然則公素定之志，豫立之謀，優為之才，大受之量，豈偶然哉！

　　説者謂：公忠肝義膽，為汪越公⑦之後身，則張神當亦公之裨佐⑧。要之，此山之靈，英神之助，陰相默佑，表裏疏附，若有依形而立，待令而行者矣。是祠之建，尊像之肖，蓋地方耆民生死肉骨之感，我知其不朽也！我知其不朽也！後之君子，登斯山也，見其怒濤吼地，白浪排空，疾風驟雨，谷駭山鳴，則當懷海防之慮；見其風恬浪熙，澄江净練，綠野農歌，華堂起宴，則當思在師之容。逸能思初，安能惟始。凡我海甸之民，幸勿忘山末之功。而經世之士,取道此山之下者,知所仰法焉。于教化,于世道,不爲無補云。於嘻! 吏民懷恩,士類服德,流澤之所被,胗蠻之所通,與蕭人同心者,不知凡幾千里也。英風節概,出象入神,君子當有想見于此山之外者矣。

是爲記。而舉事之耆民、督工之員役,則碑陰之刻更能詳之。

注釋

①蕞爾:形容小(多指地區小)。

②大鉞:古代兵器。象徵權力和威嚴。

③龕山之捷:龕山在浙江蕭山東北五十里。與海寧赭山對峙,舊有龕山寨。明嘉靖三十五年(1556)六月,總督胡宗憲、總兵湯克寬在龕山抗倭,殲滅倭寇五百餘人。

④鰐腭鯨狂:指戰況嚴峻。

⑤兕奔豕突:像犀牛一樣奔跑,像豬一樣亂竄。指成群的海寇亂冲亂撞,到處搔擾。

⑥暇豫:也作"暇譽"。指從容淡定。

⑦汪越公:指唐朝越國公汪華。自唐宋以來,汪華逐漸成爲"徽州土神""新安之神",是地域主神,其神格頗類似錢鏐在浙江的地位。

⑧裨佐:輔助。

卷三　絕句_{弟九川校輯}

曉發浙江驛將之舂陵

月上潮平風正輕，捲簾東望歷山青。
舂陵南去五千里，聞說瀟湘接洞庭。

漁浦秋望

魚浦江頭秋正深，江雲漠漠稻花新。
湘湖未必無真樂，何日移舟共采蓴。

都梁十景次米元章韻

第一山懷古

河水東南曲曲環，氤氳王氣布雲間。
盱山萬歲連鍾阜，果是神寰第一山。

龜山寺曉鍾

支祁宮外接危樓，月下鍾聲吼鐵牛。
兀坐也知更漏永，幾時山舍樂真休。

五塔寺歸雲

禪塔流光逼翠微，浮雲無意往來飛。
何如霖雨孚民望，妝斂神功緩緩歸。

瑞巖庵清曉

曙光遥望四山低，松露瞻曛亦浸微。
老衲焚香方入定，長齋挂杖不勝衣。

清風山聞笛

清風山上笛聲衰，一曲新詩出玉臺。
裂石穿雲難盡妙，武夷仙子幾時來。

八仙臺招隱

聞道仙家藉紫苔，山花長對笑顏開。
泗濱近結耆英會，時有小車花外來。

杏花園春畫

閒來行樂午橋春，碎錦坊頭酒蒲尊。
羯鼓聲高花正好，行人端不問前村。

玻璃泉浸月

山清月白孤亭寂，崖石穴中來泛泉。
也知大化無私照，舉首分明尺五天。

會景亭陳迹

霜林紅葉正高秋，九塞防胡尚未休。
隴月燕雲頻入望，牧頗難得使人愁。

寶積山落照

歷遍東南錦繡堆，歸途倚仗獨遲徊。
夕陽欲下山更好，白石丹霞望幾迴。

袁州讀孫忠烈公詩刻

孫許精忠並擅芳，炎天皦日肅秋霜。
于今南北方多事，孰起貞良翊廟廊。

涇縣水西寺次杜韻二首

李杜題詩千載後，水西僧舍留清風。
蒼崖古寺瞻竚久，白石澄潭明月中。

愛得涇縣水西勝，三日欲去還重遊。
至今豪氣蒲川陸，曉來吐蜃成重樓。

次謫仙獨坐敬亭山韻

春暖清光麗，風和白晝閒。
公餘無俗慮，獨上敬亭山。

夏木叢陰裏，浮雲去住閒。
林深人跡罕，獨坐敬亭山。

秋朝多爽氣，傲吏有餘閒。
杖策看雲出，惟耽謝朓山。

雪後開新霽，暄庭坐獨閒。
細看千疊嶂，何似敬亭山。

卷四　五言弟九川校輯

石巖談禪

芒履躡巉巖，捫蘿望九天。
老松雲氣合，虛谷鳥聲喧。
定入空門寂，經傳梵語偏。
夜深方丈月，覺處是真仙。

天長會王二山話舊四首

久爲湘桂客，千里共襟期。
白下新知日，燕臺並轡時。
鶴樓秋月澹，赤壁暮帆遲。
廿載風塵末，瞻依玉樹姿。

三吾溪上別，幾夜夢思君。
樹濕湘南雨，騏空冀北群。

芳尊纔對燭，清思輒停雲。
禁體雪堂出，當年亦罕聞。

司馬聲名舊，遲今養晦深。
壯才誇獨步，大雅有知音。
白首談邊略，朱顏韞古心。
平生剛正氣，義聚最難尋。

闊別逢歡會，論文愛燭紅。
才兼班馬識，詩振李唐風。
但恐匆匆別，那紓耿耿衷。
來朝赴期會，蓬首各西東。

渡石梁河

一水來滁瀼，澄清映碧虛。
古城凝望遠，衰柳夾堤疏。
止賴商家楫，時通長者車。
村中省畊早，春滿石梁畬。

朱壽昌迎母

身外功名薄，思親苦志懸。

布袍尋遠道，白首籲蒼天。

何日母重會，中秋月樣圓。

蜀川逢面目，襴彩勝青年。

正陽道中遇雨雪報栗建齋二首

暴雨和微霰，狂風入暮寒。

野昏憑馬足，道滑坐江干。

薄背愁多病，飢徒歎未餐。

夜分投潁上，行路自來難。

仲冬初踏雪，單騎向干城。

丙夜陰雲黑，西風徹骨清。

沙沱人罕出，燈火雨無明。

欲借青藜照，那呼太乙精。

喜雨走筆戲時虹川

千里愁驕旱，犇田久未開。
夜深微雨過，天澤及時來。
荷種連籜出，呼童帶土培。
獨憐籬下菊，含潤對空臺。

登虎丘塔

逸興扶殘醉，登臨逼太微。
清江環綠樹，碧落映朱扉。
天際舟航渺，簷前鳥雀稀。
粵南遙望處，一片白雲飛。

新春舟自采石歸宛陵盼趙和庵不及候賈范二寅友不至寫懷四章

春日澄江冷，輕帆帶雨斜。
群山環雪景，碧水動霜華。
新漲浮匏甲，微風浪白沙。

仙舟追莫及，一望即天涯。

揚帆溯流上，短翮附風翰。
水國陰雲黑，江船蠟炬殘。
輕鴻翔遠漢，錦鯉躍清湍。
目斷水陽道，相看夜色闌。

清獻家聲舊，平原客誼深。
宛陵三載政，湘水百年心。
節費捐殊惠，先憂惜寸陰。
高山流水調，端合遇知音。

小范胸中富，長沙賈傅才。
偶同江上客，曾在日邊來。
綵鷁風偏弱，池塘夢幾迴。
翠雲虛宿約，春晝獨登臺。

雙槐公署二首

公署蓬萊麗，雙槐雨後香。
綠陰籠日色，黃蕊吐金光。

甘露瑶階潤，清風冰簟凉。
河湟讀書處，先已卜蕭湘。

雨後斜陽麗，池亭正納凉。
晚來晴更好，樹下濕何妨？
綠葉交枝密，新花滿意黄。
清閒無俗客，静掃自焚香。

春暮友人過林麓二首

南山好青壁，不與諸峰群。
崖石添新溜，松稍度澹雲。
鳶魚詩裏趣，湖海望中分。
春暮園林静，承筐共采芹。

散步秦源路，緣溪三兩家。
碧桃花映日，翠竹水穿沙。
池上偏宜菜，桑陰學種瓜。
林端午烟起，瀹鼎試新茶。

春日漫興二首

山中古逸地，隱者恣幽尋。
碧水鷗情遠，蒼雲松影深。
謾烹鴻漸茗，静撫穎師琴。
澹泊有餘味，悠然見素心。

舉目成真趣，何須物外尋。
出門恁南北，臨石汲清深。
茆屋芳春煖，松風太古琴。
江皋新雨霽，時動浴沂心。

日休亭

麗日朝來新，祥光殊洞達。
默坐心太虚，運目情四豁。
展卷懷聖賢，析理參毫末。
一幅青紗巾，到處天公闊。

南山草堂二首

越上多形勝，諸峰列畫屏。
地靈人自逸，山靜興同清。
草閣春長煖，柴扉晝不扃。
幽懷耽古調，白首更窮經。

別墅南山下，門羅百二峰。
茶濤驚驟雨，琴調落長松。
款客開棋局，論文坐晚鍾。
壯遊詩骨健，野服任從容。

竹林寺訪通後峰師兄二首

墙角搖新竹，窗虛對玉峰。
丹爐煉靈液，談柄執青松。
禮佛竟忘世，投官始得慵。
高僧共趺坐，月上但聞鍾。

暇日偶相招，僧房看藥苗。

魚依藻邊動，蜂候日中朝。

瀹鼎蒙茶潤，薰爐柏子燒。

清齋心自靜，俗慮頓然銷。

賞後峰藥師芍藥

靈根自何處，移種到雲房。

三月蕊新發，重臺花異香。

繁紅倚欄石，清味拂繩床。

妙用能袪病，傾心向藥王。

賞後峰池館芙蓉

九月池亭净，芙蓉滿地開。

因投香積飯，重上遠公臺。

秋水呈風骨，金風自剪裁。

三春桃杏質，同在日邊來。

疊嶂樓次謫仙韻_{宣城太守謝玄暉建此樓，唐獨孤霖改今名。}

北樓倚層嶂，翬翩撐晴空。

鷺洲夾二水，華渚流雙虹。
千巖供玉案，萬戶拂青桐。
淡掃澄江畫，令人憶謝公。

宿峩嶺汪氏別業

峩嶺天將昏，投宿青巖裏。
賓從爇墮樵，主人烹文鯉。
東山待月明，西井汲泉美。
一枕松風清，三更攬衣起。

清溪次謫仙韻

清溪山氣佳，雨後添麗色。
秋高水清漣，巒危石敧側。
錦帆天外來，嘉樹人罕識。
臨流撫素琴，清越靡止息。

登九華山次謫仙聯句

黃山奠南服，過峽開九華。

諸峰簪列宿,絶嶂塗丹霞。

石梁懸短壑,瀑布落蒼厓。

古木青蘿裏,全真道士家。

偕周訥溪梅養粹二掌科遊宛溪次謫仙韻

久照宛溪水,令人心目明。

源來嶧山下,味勝句溪青。

玉沙明徹底,素練静無聲。

西有仙都脈,于今同擅名〔一〕。

校勘記

〔一〕擅名　底本中此二字漫漶,此據李白原詩擬補。

卷五　七言弟九川校輯

登石巖一覽亭①次吳龍津林丹峰韻

崒崔危巒石鏡臺，因尋二妙入蓬萊。
路瞻兜率諸天界，潮動錢塘出地雷。
汲井香分仙掌露，烹茶烟裊白雲隈。
越中亦有堪觀處，萬疊江山錦障開。

注釋

①一覽亭：位於蕭山區湘湖國家旅游度假區石巖山山巔，爲六角石涼亭，現只存五根亭柱及亭基，亭柱上陰刻一對聯："立定腳跟，不怕石頭路滑；放開眼界，飽看江上峰青。"爲王宗炎所題。根據民國《蕭山縣志稿》記載，一覽亭始建於明嘉靖十年（1531），由紹興郡守洪珠建。

漁山港觀潮將之舂陵①

漁山港口望潮來，與客持觴坐草萊。

清湧騰空飛白雪，驚濤觸石沸黃埃。
龍驤萬斛凌波起，漁艇一梭破浪開。
世上風波真不測，還須修德善禳災。

注釋

①舂陵：古郡名，位於今湖南永州市寧遠縣一帶，明朝時屬道
州。明嘉靖年間，黃九皐曾任道州同知。

萍鄉蘆溪謁濂溪先生祠次陽明先生韻

仰察穿巖悟道真，春沂尋樂集衣巾。
暫監稅務皆行道，妙契圖書覺後人。
縣獄平冤遺直氣，門墻青草倍精神。
時方補過舂陵上，會訪公孫敬采蘋。

舂陵送諸生應試喜雨

瀟川發棹待黎明，齋沐焚香卜後生。
出岫風雲乘物候，朝江溪潤助瀧聲。
喜逢霖雨孚民望，端擬金甌覆姓名。
昨夜德星殊炳烺，鬱葱佳氣滿山城。

瀟川舟中

何似孤舟盡日橫，急流灘下水如傾。
兩山風物供詩潤，五夜瀧聲入夢清。
滿耳松濤如鼓瑟，遷喬鸎鳥助調笙。
推篷撫景有真樂，一曲滄浪薄宦情。

壽魯母何宜人

萬歲峰前捧壽觴，瀟湘冠蓋總成行。
萱從浙右培貞本，花向衡陽發異香。
熊膽久彰賢母教，鸞章新試上方裳。
萊生今日承顏好，春酒親持笑上堂。

詹晴溪①之高安 先君舊治閩安溪人

天涯踪跡共飛蓬，邂逅通宵話未窮。
燕邸竟懸高士榻，端州應有故人風。
民情俯詢桑麻外，土俗渾消禮樂中。
望斷征帆逐仙去，崧臺深處惠南鴻。

注釋

　　①詹晴溪：詹源，字士潔，福建安溪縣崇信里人。弘治十八年
（1505）顧鼎臣榜。初授户部主事，改御史，歷任雲南副使。

唐笏山之新城<small>安溪人</small>

乘風飛錫駕青驪，南望盰江路正長。

廿載萍蓬成偶集，通家兄弟憶連床。

詩裁信手無奇思，酒試麻姑有別腸。

好把勤心悉民隱，盍簪亭下溥春陽。

丙午秋楚圍供事用王二山俞是堂^①韻三首

幾夜連床話未闌，江城布被驟添寒。

風雲景象開嘉會，屈宋文章可備官。

披卷不知更漏永，剔燈還共酒杯歡。

中州淑氣鍾全楚，欲覓真才合細看。

堂吏叩門傳月餅，不知今夜是中秋。

微明視草收名彦，凍雨鳴堦動旅愁。

應有蘭臺新桂發,猶疑漢署舊香浮。
璇穹萬里長安道,多少新詩紀勝遊。

聞道秋深桂正開,經旬陰雨寄亭臺。
楚天漠漠雲橫几,江院沉沉晝鎖槐。
虎座傳經師巨筆,驪珠滿目愧疏才。
仰思名世真難得,拔十能知有幾來。

注釋

①俞是堂:俞憲,字汝成,號是堂,無錫人,嘉靖十七年(1538)進士,官至湖廣提刑按察使。辭官歸里後,在無錫城内岸橋弄建"讀書""獨行"二園。

九日武昌舟中同王二山王劈泉玩月次韻二首

秋風漢水拍天寬,觴酒連舟試一歡。
同在楚中談屈賈,兼逢江左舊衣冠。
瀟川東下同江净,衡雁南回帶月寒。
未得菊英酬令節,天心光霽共君看。

幾聲哀雁聽南飛,黃鶴磯頭月色微。

楚客聞碪秋更急，漁舟蓺火夜方歸。

偶逢嘉節裁嚴韻，且舉芳尊酹玉暉。

極目江山寥落處，西風何日授寒衣。

岳陽樓用陳去非①韻二首

赤壁東風送我西，巴陵道滑苦行遲。

樓瞻二女雲歸處，詩弔三閭日暮時。

天入洞庭晴亦慘，風清夢澤渡猶危。

蒼烟落木清霜冷，悵望君山無限悲。

平湖雨過四無風，素練橫秋浸碧空。

橫分楚蜀三千里，吞吐荆衡一望中。

范守文章貫星斗，杜陵忠膈映霜楓。

廿年夢想殊勞思，欲寫江山愧未工。

注釋

　①陳去非：陳與義，字去非，號簡齋，北宋末、南宋初年的傑出詩人。

昭陵灘①聞雁

昭陵灘上雁南飛，楚塞經年信問稀。

帆藉北風營道便，天連秋水武昌歸。

露滋黃菊鋪湘岸，霜點江楓濕釣磯。

莫聽林猿重愁絕，村莊沽酒對朝暉。

注釋

①昭陵灘：在今湖南昭陵。五代楚國君追尊東漢伏波將軍馬援爲昭靈英烈王，灘上建馬援祠，因稱昭靈灘，後訛爲昭陵灘。

永明①八景次縣誌韻

銅嶺連雲 有天柱峰

翠嶺開祥曉望奇，晴嵐片片樹牙旗。

煙蘿附壁微風動，天柱撐空淑影移。

肌骨素同崖石瘦，宦情方與野雲宜。

何如出岫從龍去，霖雨蒼生慰夢思。

注釋

① 永明：今湖南省永州市江永縣，明朝時隸永州府道州。

層巖積翠 <small>巖如翠盖，中虛而見天日，下有源泉不竭。</small>

名山曾許赤松遊，石屋烟霞瑞氣浮。
舉目重瞻天日表，俛思真得水雲幽。
詩鐫滿壁迷蒼蘚，鍾乳懸崖走素蚪。
坐看玉溝出巖穴，翠蓬壺下瀉龍湫。

林寺清幽

石徑沿江樹幾重，經臺古刹隱孤峰。
一川清景潭澄月，萬壑秋聲濤在松。
人結淨緣清百慮，天開佳境洗三宗。
涼生滿榻參禪坐，不覺山城起暮鍾。

三峰雪霽 <small>土人呼爲父子三峰</small>

書窗向曉映空明，起見西峰立數莖。
品字參差羅玉樹，三竿次第駕瑤京。
白頭坐立序不亂，紅日照臨神更清。
謾問東坡雪堂趣，山陰移棹正多情。

五嶺朝雲

五嶺奇峰足大觀，況逢秋日倚欄干。
懸崖石壁映新旭，遠壑嵐光生曉寒。
雨歇瀟湘楓漸赤，雲開衡岳雁投灘。
病軀惟有登山健，芒履青尊且盡歡。

亭山勝概

好雨連朝洗宿嵐，亭山高倚萬山南。
泉流雲壑地浩渺，龍護江城天蔚藍。
楚粵雄封增銳氣，衣冠嘉會極玄談。
長松夾路花香谷，欲向峰頭結草庵。

瀟水拖藍

十錢買榜泛溪去，愛此碧潭無限清。
風來水面篔紋細，舟蹴浪花蓮葉輕。
深傍蘼蕪疑染指，清比滄浪思濯纓。
俗情都付澄江上，鷗鳥相逢也不驚。

白鵝飛瀑

鵝峰突兀開屏障，飛瀑懸空幾十尋。

日上玉崖晴瀉練，風清雲瀨夜鳴琴。

涓涓歸海覃遐澤，點點逢人醒道心。

每嘆塵緣何處濯，高山流水遇知音。

登亭山望九疑山<small>九疑舜陵在寧遠縣，有重華巖</small>

重華巖石名天下，何日摳衣復睹之。

四岳久承明目寄，千古恒厓籲俊思。

禹跡八年惟克儉，稷憂百姓若輖饑。

山中坐待浮雲歛，日出天青拜九疑。

花藥寺①梅雪堂次顧東橋②先生韻

仙人種藥白雲隈，待我來時只見梅。

橫岫一枝和雪老，逢春三徑對筵開。

焚香掃石僧初定，望岳看雲暮幾迴。

三復陽春詞寡和，江南春信自天裁。

注釋

　　①花藥寺：位於湖南衡陽岳屏山，始建於南宋寶祐五年（1257），當時名爲"報恩光孝禪寺"。相傳何仙姑原名何瓊，唐高

宗開耀元年(681)生於湖南永州。何仙姑曾在岳屏山采藥行醫。岳屏山又叫花藥山,有梅雪堂。

②顧東橋:顧璘,字華玉,號東橋居士,世稱東橋先生,江蘇吳縣(今江蘇蘇州)人,明代政治家、文學家。

部使者梅宛溪督徐州倉雲龍山燕集①

放鶴亭高俯臥龍,環徐無數妙高峰。

憑虛便覺奇思逸,話久旋添異味重。

軍國供繁勞餉餽,山河缺處賴彌縫。

東南萬艘馳漳衛,多少經綸出錦胸。

注釋

①燕集:指宴飲聚會。

徐州雲龍山①次白巖太宰②韻

雲龍禪寺倚茅崗,俯瞰浮舟去住忙。

吊古何如鶴遐舉,悲秋不及雁隨陽。

黃河水落元田出,紅葉霜凋別署涼。

好景良時不常得,殘碑讀遍再持觴。

注釋

　　①雲龍山：位於徐州市城南，又名石佛山，有放鶴亭、興化寺、唐宋摩崖石刻、御碑亭等歷史古迹。

　　②白巖太宰：喬宇（1464—1531），字希大，號白巖山人，今山西省晋中市人，與王雲鳳、王瓊並稱"晋中三傑"，亦稱"河東三鳳"。成化二十年（1484）進士，歷户部左侍郎、右侍郎，拜南京禮部尚書，後改兵部尚書，參贊機務。嘉靖年間，任吏部尚書，因直諫君過，被迫去職回籍。

徐州子房山次鍾石翁韻

博浪潛身就沛公，報韓節義滿丹衷。
函關破日公孫立，棧閣燒時漢業空。
間道復歸思借箸，鴻溝決策早歌風。
謀成辟穀雲遊去，平勃雖奇萬不同。

鳳陽送同寅解官南歸二首

廿年朋合共襟期，誰識濠梁是別時。
山叟正齋百錢送，使君寧爲一尊辭。

松間掃石焚香静，竹裏烹茶得句遲。
欲贈臨岐無錦段，東籬采取傲霜枝。

高蹈僊踪未易尋，白雲歸岫鳥投林。
弘才濟世難爲用，逸興看山不可禁。
老拂麟經還自註，静遊松徑任行吟。
慚予柳質林泉癖，未遂東山一片心。

浮山靈巖寺次韻

淮水東來下五河，浮丘一點傍旋渦。
帝鄉垂翰金甌壯，佛日流輝象緯羅。
天作高山千嶂合，嵩呼遐壽萬年多。
禪房花木春風煖，時有清歌倚櫂過。

濠梁八景①次中都誌原韻

棋盤晚照

仙人已攜爛柯去，濠上奕臺千古存。
用時妙算萬全策，静裏括囊六四坤。

應兵之出先自衛，奏凱何須迓克奔。

石上仙踪有深義，招摇終夜照孤村。

注釋

　　①濠梁八景：位於安徽省鳳陽縣内，爲朱元璋出生地。八景爲棋盤晚照、花塢春晴、昇仙橋迹、廣教風鈴、濠梁觀魚、莊臺夢蝶、鳳池秋月、水簾清韶。

花塢春晴 <small>土人呼爲杏花塢</small>

春風送暖開文杏，淮水人歌陌上花。

錦幛不辭金谷富，仙桃香似武陵家。

天葩六出依嘉樹，玉露三玄浥絳霞。

聞道含章曾擅美，寸根何事到天涯。

昇仙橋迹

濠上仙翁駕蟄龍，一朝羽化碧雲宫。

三千色相形骸外，四季陽和吐納中。

海上三山長作客，淮南八老盡還童。

公餘吊古尋遺跡，雙趾分明在玉璁。

廣教風鈴

舍利呈祥出五雲，瑞光浮動自氤氲。

叢林清影月華白，陰壑微曛曉色分。
鑪爇妙香流篆遠，風清編磬隔林聞。
日長酬誦楞嚴偈，爲有銅烏動夕曛。

濠梁觀魚

謬論荒言歎陸沉，閒看秋水亦蕭參。
目中物感皆成趣，道在川流即會心。
激水而迎非慮涸，在淵之躍不辭深。
何如泳海凌雲者，潛育滄溟無古今。

莊臺夢蝶

臺鎖臨淮碧樹秋，千年豪傑邈難儔。
寓言曼衍談玄學，至樂倡佯物外憂。
不歎犧牛辭聘使，焉知東洛不西周。
蘧蘧蝶夢輕塵世，笑傲淮山楚水頭。

鳳池秋月

清霜紅葉桂花香，池上疏林集鳳凰。
覽德令儀和舜樂，鳴岐遺響向朝陽。
清宵對月舒文翰，凉露乘風濯錦裳。
西海之洲環弱水，冰輪今夜共寒光。

水簾清韶

石洞嶙峋淮海津，仙家日月自長春。

中盤外阻水雲密，玉振金聲和樂新。

滴露修齋讀周易，焚香持磬禮玄辰。

有時真境發靈籟，滿耳鏘鏘奏綠筠。

中都①八詠次誌韻

禁城秋覽

日月精華奠帝鄉，啓祥豐鎬自傳芳。

蓬萊宮下松篁盛，太液池頭笑語凉。

王氣共瞻仁壽域，清風徐送瑞麟香。

萬年湯沐貽謨地，敬祝堯天化日長。

注釋

　　①中都：指安徽省鳳陽縣，明太祖朱元璋出生地。明洪武三年（1370），鳳陽改中立府，定爲中都。

龍興寶刹[①]

御筆親題第一山，朱扉飛翩出塵寰。
黃金布地瓊芝綴，祗樹成園紫氣殷。
霜凈千林禪果熟，月明方丈鏡臺閒。
恒沙何必登三竺，真覺如來在此間。

注釋

①龍興寺：位於安徽省鳳陽縣，始建於明洪武十六年(1383)，是明朝皇家寺廟。前身是朱元璋出家禮佛的於皇寺，後稱皇覺寺。

黃河勝覽

天潢牛渚出崑崙，萬里東來下禹門。
疏雨曉增淮瀆潤，洪濤春浴楚雲昏。
風生遠嶼飛沙白，水涸清霜露漲痕。
陵谷古今經幾變，臨流嗟望倍傷魂。

鍾鼓危樓[①]

傑閣東西峙日邊，成周卜洛幾千年。
宅中圖大規模遠，居重憑虛斗極懸。

天上六龍垂燕翼，雲中雙鳳舞蹁躚。

中都繼起賢師保，誰致祈休敬德篇。

注釋

①明中都鍾樓（鳳陽鍾樓）始建於明洪武八年（1375），位於鳳陽城西側，是明中都城的重要附屬建築。鍾樓和鼓樓相距六里，鍾鼓二樓，一西一東，遥遥對峙，矗立在明中都城副軸綫雲霽街的兩端。

皇陵①陪祀

萬壽崗巒瑞彩揚，千年潛德發幽光。

坤元龐阜龍沙壯，天闕平臨鳳翥翔。

清夜鑪烟瞻御氣，精禋尊俎薦明堂。

風高月白衣冠冷，企望遊宸覺慘傷。

注釋

①皇陵：位於安徽省鳳陽縣，是明朝開國皇帝朱元璋爲其父母和兄嫂而修建。

教場簡閲

高皇神武此宣揚，星斗寒芒寶劍光。

天地位成龍虎動，風雲陣逐旌旗翔。
金犀戎器供藩衛，百萬軍儲會考堂。
豐鎬自來根本重，老羸饑饉日堪傷。

白石山寺

客到禪關忽動鍾，山前無數妙高峰。
珠林經梵餘音潤，石室嵐光滴露濃。
綠樹陰中雙節下，白雲深處老僧逢。
荒村寺久無人到，相認殘碑薜荔封。

獨山臺望

萬壽山前瞻王氣，探奇連躡日精峰。
巖頭瑤草靈根瑩，樹杪瓊枝玉瀣濃。
雲臥清虛銀漢接，微垣光霽德星逢。
高皇草昧經綸地，靜聽三呼出華封。

過壽春

下蔡城南接壽春，汝淝諸水匯淮津。
神功硤石朝宗順，勍敵青崗武烈陳。
留犢坊前人仰節，芍陂渠下歲嘗新。

仁賢去後興思處，愧我南行未采蘋。

春日過新安魚嶺次韻

魚嶺縈紆百二灣，諸峰崒崔衛神寰。
桃源路繞銀潢水，衡岳雲開放鶴山。
古木蒼松緣石蹬，青梅綠笋透柴關。
新詩不盡看山趣，燈下裁嚴屢自删。

松鶴祝壽圖二首

天雞三唱日觀峰，東望蓬瀛曙色濃。
溟浴微暾騰紫氣，雲間貝闕駕青龍。
兔絲喬木風霜古，岱岳扶桑烟霧重。
惟有鶴仙鳴海上，玉簫聲裏奏時雍。

蓬萊初日映祥雲，清靄微茫蜃闕分。
駕海蒼松根永固，鳴空白鶴唳遥聞。
洪濤大地涵元氣，瑶草三山吐異芬。
仙子題詩東海岸，年年龍女織玄文。

朱石峰便面

結廬白石青山下，笑傲長吟任此身。
圖書聚樂心添壯，童冠從遊食未貧。
野徑秋深菊英好，古巖春煖藥苗新。
清時交契思無術，蘭臭同心一味真。

次石峰巢燕韻

草堂初搆未丹華，語燕梁間每自誇。
營壘止憑方寸地，賀梁銜到社前花。
穿簾話舊高情密，引子尋芳逸興賒。
侯王第宅連京國，不厭湘蓴處士家。

北海便面

玄海汪洋納九垓，洪波百丈滅氛埃。
青龍駕闕依雲出，紫貝盤橋傍日開。
神鳥千年應時起，清風萬里拂人來。
仙靈自有蓬瀛趣，未許尋常燕雀猜。

泗橋次韻二首

新晴閒渡泗橋西，蒲柳依依綠映溪。
碧泉怪石出山冷，香徑瓊花壓帽低。
萬里神河經勝地，一川芳樹滿長堤。
迂疏素有烟霞癖，仿佛王維畫裏題。

歷覽盱山日未西，蒼松綠竹似耶溪。
秋風正憶蒓鱸美，豪興遙瞻雲樹低。
浮梁泊賈奚喧渡，抱甕老翁知灌畦。
采菊登高倍感慨，瑞巖青壁醉留題。

吳質庵改官歸蜀用韻二首

七月帆揚江上槎，東風纜解及期瓜。
三年聚樂琴書趣，多士手栽桃李花。
萬松山月迎川錦，碧玉峰泉點越茶。
蜀道平看天未遠，年年秋雁過三巴。

聞道仙翁理蜀槎，東陵老圃僅分瓜。

回琴點瑟人人樂，化雨春風樹樹花。

曾嘗湘曲香蕈菜，苦憶蟠溪雪水茶。

今日看君歸思渴，江樓極目是三巴。

金山寺次何沅溪①先生韻

揚子江心獨上山，春風爲我拂衰顏。

根盤大地貞元下，峰出洪流浩渺間。

雪浪排空清法界，灃泉洗眼瞰塵寰。

巨川舟楫知誰理，渭水綸竿老自閒。

注釋

①何沅溪：何鰲，字巨卿，號沅溪，紹興府山陰縣沅溪人。正德九年（1514）於南京拜入王陽明門下。正德十二年（1517）進士，授刑部主事。後歷任刑部郎中、貴州按察使、刑部尚書等。爲人清正剛直，寬宏大度，清德衆望，有古代大臣之風，素爲士論所推重。

劉三尹終養①四首

隴西才略素稱雄，七載蕭然督水功。

直道立身甘任怨，多方佐政效孤忠。
郊原雨足民安耨，海島風清盜屏蹤。
一點孝心留不得，早隨殘月到湟中。

邑伯將趨紫極朝，正推矯力滅東梟。
懇辭簪組供甘蓄，早赴林泉採藥苗。
屏峽黃花陶令宅，崆峒流水晋公橋。
拂衣浩笑歸天水，免得黿山夜聽潮。

壯歲辭官鬢未華，及時歸釣漢江涯。
江塘水利千年蹟，梓里秋光九月華。
長嘯一鞭離枳棘，高歌雙屐訪烟霞。
人生須識回頭早，莫戀黃紬被放衙。

江城半宰得民心，西望秦雲思不禁。
仗劍海門曾盪寇，乞身蘭省許歸林。
松江鱸鱠香飄玉，柴里菊花黃似金。
渡河若動并州憶，好藉南鴻惠我音。

注釋

①終養：辭官歸家以終養年老親人。

邑侯入覲二首

明公出宰兩年間，治尚寬平訟息奸。
耿耿襟懷清似水，巖巖風骨峻于山。
神明對越心無愧，王事賢勞智自閒。
指日鳳池垂玉珮，愚民瞻仰幾時還。

龍馬精神海鶴姿，憂民憂國絕無私。
月明冰署豺狼息，春蒲陰厓草木滋。
星駕遠從千里去，皂囊不允一錢齎。
漢朝卓魯今重見，在在謳歌口似碑。

縣幕入覲二首

古縣從來多隱賢，君依綠水泛紅蓮。
憂時愁思頻加額，論事雄談如湧泉。
當道推心若魚水，朋來高誼薄雲天。
江頭珍重三杯酒，往返燕山路八千。

莊亭三闋唱陽關，畫鷁風清不可攀。

臨別莫辭今日醉，未行先問幾時還。

農桑樂業郊原外，剽盜潛消海島間。

三載蕭然悉民瘼，此行端爲達天顔。

海會寺次邵二泉①先生韻二首

家住江南文筆山，春風三月訪禪關。

山川環衛三千界，吳越平分一水間。

梵宇龍宮香篆細，石林鳥跡古苔班。

今朝始認如來面，窗外青峰點黛顔。

乘興來登海會山，瞿曇擁篲掃雲關。

江光隱見虛窗隙，碧落空濛琪樹間。

蓮社詩裁風格健，經臺鏡拂雨華班。

參禪趺坐心如洗，悟到真詮入孔顔。

注釋

①邵二泉：邵寶（1460—1527），字國賢，號二泉，江蘇無錫人，明朝內閣首輔李東陽的門生，明朝成化二十年（1484）進士，官至南京禮部尚書，卒贈太子太保，謐文莊。

送汝庸①兄教無爲二首

天際奎光射日高，新秋爽氣集巾袍。
長兄學識今敷鐸，巢郡清閒合廣騷。
石壁毛詩旌澤國，九峰丹宝竚江皋。
水鄉烟景堪圖畫，巨筆臨流興益豪。

富貴浮名一聚塵，斯文契誼古來親。
巢湖書劍仙舟穩，湘水衣冠客幀新。
苜蓿春盤無厭味，珠璣妙手且藏珍。
紫芝山下五雲閣，桃李千株都是春。

注釋

①汝庸：黃九功，字汝庸，黃九皋兄，無爲州訓導，升學正、寧遠衛教授。

九華山化城寺①次陽明先生韻三首

禪堂高倚白雲深，秋望憑欄爽氣侵。
萬里長江橫北麓，一鉤新月掛松陰。

溪邊濯足魚依藻，竹下敲棋鶴出林。

拾得墮樵烹石菌，滿巖靈籟助清吟。

曉捲窗簾初上鈎，林端渺渺見江流。

遙拖白練懸涯瀑，平布黃雲四隴秋。

凡骨未能忘世慮，塵根今悟類漚浮。

一聲長笛來何處，誰共襟期趙蝦樓。

憑虛樓閣層梯上，三徑香飄滿地花。

天柱峰前吸甘露，蓮花臺上餐朝霞。

竹床凉颸生湘簟，石鼎芳泉煎茗芽。

舉頭銀漢纔咫尺，俯視塵世真無涯。

注釋

①化城寺：位於安徽省池州市青陽縣，原名地藏寺，是九華山佛教起源最早的寺廟，被稱爲開山祖寺。

登浮峰

浮峰突兀天之頭，一顧眇爾輕諸州。

泉濺荒崖聲細細，風迴古洞寒颼颼。

半空柱石天原植，萬里關河氣欲浮。
老衲杖藜行不得，柴門黃葉正高秋。

廟埠①勸農

敬亭山下雨初收，布穀聲中紫笋抽。
力田農甫來分種，歸業疲民解飯牛。
高齋偶出勸農使，瘠土堪爲常稔疇。
此日對神祈歲事，閭閻早喜麥先秋。

注釋

①廟埠：位於今安徽省宣城市宣州區。

黃山三十六峰次誌韻<small>太平縣之南，黔歙之北境</small>

凌空千朵碧芙蕖，衡岳雲開也不如。
誤疑玉女簪珍翠，淡抹巫山露緒餘。
且尋丹竈嘗玄液，直到天門讀秘書。
白鶴一聲清徹處，日邊霞帔是雲車。

景德寺①春望

陵陽三疊倚雲霄，俯瞰江南草色遥。
萬戶樓臺臨宛水，千林榆柳鎖雙橋。
西來遠岫生微雨，東下澄江着小舠。
暇日逢僧忘世慮，雪堂今喜有參寥。

注釋

①景德寺：位於今安徽省宣城市。

宣城懷古

公餘獨上最高臺，吊古英賢有幾來。
昌黎別業人忘葺，謝脁詩樓日漸頹。
太白祠荒涇水寺，都官碑没柏山苔。
裴桓班竹多遺愛，誰念干城借異才。

東門祖席上別魏南坡正郎

六月東溪祖席張，八旬杖者静而康。

香山上壽精神壯,洛社耆英意氣昌。

夏木綠陰宜野性,碧箭清味愜詩腸。

今朝試別群仙去,剝曲還尋賀監狂。

東門祖席上別焦黃山^①參伯

黃山道士佩金魚,笑傲林泉十載餘。

陵陽石柱收瑤草,雲外湯泉濯錦裾。

溪橋曾餉胡麻飯,東郭重勞長者車。

公鶴我猿從此別,只憑南雁寄音書。

注釋

①焦黃山:焦玄鑑(1530—?),字仲明,南直隸寧國府太平縣(今安徽省黃山市黃山區)人。隆慶二年(1568)二甲進士第七十四名,授主事,建立雲龍書院。

九疑山謁舜陵

舜陵在道州寧遠縣南四十里,半路爲太平、扼蠻等營,以防猺患。陵之左右前後結茅居者,謂之良猺;陵南十里即生猺,王化之所不及者。自古帝王陵寢皆名山大

都，規模宏達，非若九疑蠻荒险僻，人跡罕到。唐刺史元
結議舜陵古老已失，太陽溪今不知處。近代置廟山下，祠
宇不存。欲於州西山上立廟，蠲免陵戶，歲時灑掃，亦望
祭之意，而未行。今陵廟前，有舜源、娥皇、女英、朱明、簫
韶等峰，重華、玉琯、庶官、月帔等巖，水潔山明，奇峰怪
石，真海內奇觀也。用賦二律。

大麓松風何太清，丹霞紫氣自從衡。
廟前班竹尚餘淚，階面茅茨還自生。
二女聯峰垂月帔，庶官列岫侍朱明。
夜分天籟鳴虛谷，恍忽簫韶九奏成。

陵下皇英列翠峰，精禋無復見重瞳。
不封不樹知何處，行雨行雲總是空。
御氣凌風來縹緲，愁容含霧落微濛。
猺歌猿嘯無人跡，孰抱遺弓以慎終。

謁濂溪先生祠二首

舂陵素以道爲名，道國元公此誕生。
太極衍圖推動靜，通書立義著誠明。

147

映階草色多生意，滿渚蓮香一味清。
仰想開先覺後意，迂疏無可報生成。

一脉源泉萬古名，衣冠誰不仰先生。
穿巖義理由心悟，拙賦清寧自發明。
源承洙泗由來正，派入洛川應更清。
霽月光風無限趣，千年絕學荷裁成。

送貞亭文錢塘轉官北上

星車早發武林間，一道清風衆莫攀。
襟期堪照龍泓水，器宇原同劍閣山。
憂國心勞時耿耿，臨戎機定自閒閒。
仙踪暫寄雞香署，海甸蒼生日望還。

同周中岳泛湖探鄧莊贈胡汝沾江東明二律

金沙灘上雜畊桑，脩竹蒼松夾路長。
三竺戒壇聯北麓，萬松精舍表南崗。
中年詩律烟霞趣，名彦文章雪月光。
湖上寒梅幾枝在，願分香味到山莊。

西湖春色海尋難，便舍樓船躡石壇。
奇樹鄧林開綺閣，愛蓮周子整雲冠。
疏懷早得佳山趣，素志惟耽秋水看。
一二同心滴清露，洞門深處好研丹。

西湖聞捷書朱生汝和扇

一聲鳴鶴下瑶天，四柱擎空坐晏然。
神機正落東甌魄，露布遥馳北斗前。
萬灶清烟消毒癘，三軍喜氣吸鯨川。
兒童記得昇平曲，時送清歌入畫船。

西興鎮海樓①次韻

天漢津傍牛斗横，耿光長照固陵城。
千層巨浪秋來漲，萬里輕帆曉乍晴。
艨艟登樓瞻瑞氣，倚欄極目數疏星。
東南陸海衝疲甚，孰念瘡痍許更生。

注釋

①鎮海樓:位於今杭州市濱江區西興街道,又稱玩江樓。久廢,弘治十年(1497)蕭山知縣鄒魯重建,萬曆十五年(1587)知縣劉會重建。前曰"浙東第一臺",後曰"鎮海樓"。現無存。

德惠祠①次韻

道南絶學病侏離,妙契神交公獨知。
上壽里居修水政,九鄉霑澤濟民饑。
三經精義傳心得,一代清標賴力支。
南服儒紳當復振,遺容何以破群疑。

注釋

①德惠祠:原稱楊長官祠、龜山祠,位於湘湖東岸。明成化元年(1465),重修於净土山麓。紹興郡守彭誼念楊時之功惠及於民,民不忘其德,賜額德惠祠。左側爲道南書院。今無存。

吳越兩山亭①次韻

四望臺高江水清,吳山環峙越山亭。

怒濤吼地界欲坼，輕雲籠樹崗連青。

萬方玉帛駿奔貢，千載霸業都凋零。

俯視西陵爭渡急，遲我晚對雙蓉屏。

注釋

①吳越兩山亭：位於北幹山玉頂峰。宋景德四年（1007），蕭山知縣杜守一建，初名"知稼亭"。元蕭山縣尹尹性重修，改今名。嘉靖十七年（1538），蕭山知縣蕭敬德重建。後廢爲四望臺。清雍正十年（1732），邑人王寧時、陳應泰等重建。今無存。

浙江潮

海門拍石初浮白，江面揚瀾始作威。

鐵騎合圍鉦鼓振，天吳①呈練雪花飛。

朝昏吞吐渾元氣，信候盈虧共月遲。

秉楫媚神迎浪者，容知平地自忘機。

注釋

①天吳：中國古代神話中的水神。

登石巖①

錦繡江山百二重，東南面面著芙蓉。
湖光西接嚴陵瀨，地脈東連天柱峰。
玉案徘徊雲母帳，畫船搖曳水中龍。
巖棲溪釣憑雙屐，月起猶盤石上松。

注釋

①石巖：位於湘湖東南岸，又稱獅子峰，登臨石巖山，可"東望越山之秀，西瞰錢江之流，俯視湘湖澄清如鏡"。

夜泛錢清江二律

露白風清夜色涼，江心雀舫月流光。
舊知珠玉詩篇麗，義聚章縫笑語長。
秋渚照人方見素，銀河含耀似難量。
滌觴漫酌錢清水，霜宇傳聲雁幾行。

磧堰①既開漁浦闊，小江新漲沃農桑。
麻溪壩頌浮梁戴，經宿閘思西蜀湯。

萬壑會川須搏節，百川入海始歸藏。

一錢太守祠前祝，但願仁賢繼漢良。

注釋

　①磧堰：位於義橋鎮與臨浦鎮、戴村鎮的交匯處，地處浦陽江邊，明成化十一年（1475），紹興太守戴琥開鑿磧堰山口，便浦陽江水與富春江之水合流入海。

蒙山東嶽廟①

蒙山頂上起玄宮，道出西陵半路通。

丹閣平臨紅日下，畫廊高映碧雲中。

勾芒育物龍行雨，岱嶽資生虎嘯風。

正好上元修禊事，春沂童冠樂無窮。

注釋

　①蒙山東嶽廟：又稱老嶽廟，位於蒙山上，浙東運河南岸。始建於南宋紹興年間，南宋嘉泰《會稽志》有載，清代多次重修。現爲杭州市市級文物保護單位。

登文筆峰^①二律

筆峰高柱蔚藍天，上有祥雲蘊玉泉。

幾年鴻鵠飛不到，今日我身登更先。

山斗具瞻橫碧落，江湖圍帶注清漣。

磨崖禿筆漚湛露，徙倚裁詩愧力綿。

雲泉激石落青澗，夜静泠然如扣鍾。

龍蟠疊嶂半邑景，雁序聯芳十二峰。

下瞰樓臺點烟月，幾家畎讀瀼西東。

每偕群季談心學，理趣詞源合亢宗。

注釋

①文筆峰：位於今蕭山區蜀山街道知章村，爲黄九皋之故鄉。

犀烏山^①

越人呼擲爲犀。范增怒此山如玦，割而欲投之烏江，故名犀烏山。次誌韻。

鴻門宴罷玉斗碎，項氏焉知留范增。

怒氣愁雲橫澤國，遺愛濁霧蔽山層。

龍顔神武不早事，玉玦迂謀未足能。

千里烏江誰與擲，春風野草任人登。

注釋

　　①厴烏山，又名"壓烏山""壓湖山""范增山"，位於蕭山湘湖的中央。相傳范增早年曾隱居此處讀書。項羽被劉邦擊敗自刎烏江後，范增非常悲痛，爲了掩埋項羽暴露的尸首，他割斷蕭山南嶺，將厴於烏江。誰知那山沒有擲到烏江，却落在了湘湖裏，於是叫作厴烏山，也稱"壓湖山"。

黃竹山范蠡插鞭成竹，竹色微黃，故曰黃竹山。

范相遺鞭笋自生，微黃竹色有山名。

貞心佐越持霜操，晚節浮槎避錦榮。

松月影疏根共老，梅泉流冷夢同清。

歲寒亭畔殊高潔，多謝携笻數訪情。

卷六　风_{弟九川校輯}

松坡壽詩八韻_{壽同年林丹峰尊翁·庚子稿}

梁山翠峰三十六，含芳孕秀蒸南服。

自來地道多敏樹，千尺喬松振林麓。

蛇龍蜒蜿盤蒼崖，清馨習習興雲谷。

坡上仙翁乘白鹿，雪鬢朱唇顏似玉。

風來聽奏絲竹聲，香粉飄落黃金英。

瑯簾夏屋翡翠屏，徙倚笑傲渾忘形。

閒中聞響賞心思，夜半燃節溫茶經。

長歌荷鍤劚伏苓，和丹煉液頤遐齡。

風濤鼓動調元氣，雲霞吐納生光霽。

亭亭雅操有宿盟，森森直節殊稜厲。

經霜之姿愈新麗，歲寒丰骨良可畏。

盤桓三徑以陶情，偃蹇漳南幾千歲。

仲春之月添二嘗，齊眉偕老稱霞觥。

淋漓春酒琥珀色，芝蘭戲綵歡盈庭。

天涯遊子歸未得，春風萬里懸心旌。

遙瞻南極祝親壽，但願如松之長青。

自從王事違甘旨，離愁盈溢湘湖水。

我思忠孝無二理，顯親必自忠君始。

試取長春酒一卮，沛作商霖潤寰宇。

蒼生謳歌澈逶迤，虞廷動色虞喜起。

回首雲霄坡上松，龍章端拜秦皇封。

青州錫貢同絲石，明堂隆棟懸球鏞。

大夫封誥班資崇，仙翁矍鑠添歡容。

悅親自覺離愁釋，要之忠孝將無同。

仙郎秀禀飛節芝，顧我真慚絲倚木。

兔絲自性得久要，芝苓妙用能醫國。

當年掄材曲江曲，柳汁驚染宮袍綠。

微材何幸同采録，清廟無勞資夢卜。

男兒有禄須逮老，千鍾何益妻孥飽。

平生意氣傾管鮑，羨爾具慶春光好。

更祝喬松永翠葆，扶桑砥柱同壽考。

醫國芝苓濟世寶，兔絲長瞻天日表。

月巖①

停驂遥望山之東，瑞光千丈騰長虹。

眇眇輪中露佳樹，炯炯闕下生新瞳。

承明徐步中天月，天心皓魄金波融。

水晶緣崖呈素暈，廣寒深處傳香風。

上弦之月如滿弓，雲收午夜懸晴空。

示我一圈不言趣，醒人幾點飛來淙。

想昔太始初鴻濛，天造地設難爲工。

兩儀四象峙左右，先天太極當其中。

千載道喪生元公，圖書衍義來學宗。

巖前遊客各歎賞，孰闡正學開蒙童。

注釋

①月巖：位於今湖南省道縣，嘉靖二十五年（1546），黃九皋任道州同知。該詩刻於月巖石壁上。

含暉岩

東海暾熹微，西天月幾望。

中開渾沌區，明光受無量。

放舟水雲深，認刻蝸蘚障。

洞邃發涼風，葛輕思挾纊。

席地藉仙茅，掬泉充午餉。

谷神虛能容，人心居更廣。

何當老其下，高臥義皇上。

乘興還復來，蘭亭稱絕唱。

徐州黃樓①

秋月風漸高，山晚天半赤。

徐州五色土，泗濱多奇石。

合汶下洪梁，孤城懸絕壁。

淮衛通漕綱，職貢需民力。

神河徙汴來，就泗當城北。

四山若帶圍，合流如受敵。

雉堞麗深淵，閭閻哀孔棘。

眉山揆物理，土實勝水德。

色取中央黃，奠樓立鰲極。

人壽見幾清，榮光休四塞。

邇來陽侯怒，義沉澹臺璧。

激湍蕩虛舟，暝色驚遷客。

誰能疏九河，爲拯徐揚溺。

瓠子歌宣房，烝民免艱食。

凭欄見波濤，不覺長太息。

注釋

①黃樓：爲北宋蘇軾所建，徐州五大名樓之一。

過五河次少陵三川觀水二十三韻贈蕭尹

適從五河來，不復見平陸。

膏壤淤浮塗，流沙走烟谷。

柳杪新抽黃，浮苴猶在目。

昔年河入淮，筮傳南國蹙。

巨浸襄南陵，瀛海通川曲。

釜甑沉深淵，斷崖隨浪踣。

乘桴覓薪火，無地呼衡鹿。

祇恐潜蛟龍，何從辨啓塞。

老穉泣惄哀，光陰代遷速。

昏墊八年後，河淮各歸瀆。

水落土始見，谷徙陵爲覆。

遺址浪紋鮮，新畬土毛秃。

夫應念帝鄉，人胡維地軸。

同胞本忘形，德流豈信宿。

投箸三鼎供，忍聞一路哭。

菜色丐芻糧，茅屋無廩蓄。

田野獲畊桑，林木亦潤黷。

賢尹擇寧居，瘠民聽約束。

鱗次比容身，爽塏堪停足。

遷徙非得已，蓬毛殊曲跼。

揭厲識淺深，豐儉隨盈縮。

祇恐未遷者，不能脱魚腹。

何朝水國民，比翼乘黃鵠。

京口寄李中南

二月渡長江，椅櫂看山翠。

爾時東藩間，別後青雲致。

東藩常共擢，臺章冀同薦。

一別隔江河，千里期心面。

王筵頻設醴，湘山舊貧賤。

浩歌樂明時，歲久心勿變。

務本彰孝卷

九龍山下群龍分，二岐毓秀湖珠雲。
金枝玉葉世襄事，瓜蔓綿綿綠正繁。
惟茲純孝與天合，五十而慕心常存。
生事送終祭以禮，飲食夢寐如斷魂。
蒙嶧白雲飛青曉，宮城金鎖收黃昏。
澹月疏窗喚杜宇，清霜蹟石聞啼猿。
終朝驛道馳千騎，何日椒漿奠一尊。
孝心純切元無改，百順生祥何足論。
我王大孝深嘉與，旌書早發投天閽。
綸音彰孝爲世勸，表宅咸稱德義門。
風聲萬載垂青史，願藉餘光範後昆。

京口寄望洋翁

翁有青藜燭，我懷藍田玉。
各稱稀世才，寶樹聯芳躅。
子猷訪戴久，夷吾交鮑深。
顧我江南客，相逢風雅人。

去年秋風高，乘興遊東魯。

東鄰老伏生，時與謫仙語。

新茗出甌香，玄談發論狂。

眼見四朝事，崇古書萬囊。

柏林浩歌發，鉦鼓新絲越。

永夜聽書聲，清霜照明月。

才高世難容，使尼皆有命。

東山有白雲，留侯早謝病。

吳舟載越酒，艤纜登金山。

滄瀛波浩渺，拳石支神寰。

逝者如斯矣，砥柱知何所。

渭水老綸竿，飄蓬向江左。

秦淮環建業，鍾山玄武湖。

龍盤虎踞地，自古帝王都。

江南土宜稼，我欲老其下。

扁舟駕海風，當了無生話。

京口寄寧山翁

推篷看金山，江水清見石。

春風正及時，綠草如茵積。

指顧東西洲，恍然孫墅陌。

衰柳添新黃，平原漸微碧。

舉頭瞻岱宗，中有江河隔。

河流潤行舟，風波蕩仙客。

三十載功名，四方邁行役。

中歲侍王筵，醴宴叨賓席。

清歌列金鋪，蓮炬通涼夕。

道古似懸河，親賢如不及。

一別又二旬，千里遙相憶。

吳越在天南，謦咳聞疇昔。

爲善自最樂，東平存竹帛。

禹門行

禹門山，禹門水。

懸注幾百尺，流沫數十里。

神禹之蹟難殫紀，神龍潛淵應時起。

一聲雷動浪滔天，騰空直上青雲際。

陌頭老農拄杖看，傳道興雲布寰宇。

永思卷

門有車馬客，足下生陽春。

對景無喜色，向座常哀呻。

雅樂不能解其慍，好鳥不能歡其心。

我傷客子遊，憂思一何深。

駕言天邊來，有感孤飛雲。

昔年多薄命，相繼淪雙親。

一朝辭故國，萬里隔良辰。

隨寓成所思，睹物傷我神。

霜露忽重踐，燧穀又更新。

極恨春暉短，愁驚曉露沈。

遐感思靡徹，永慕情方真。

知子錫類者，千載垂貞珉。

亦樂園

主人新開桃李園，依林結屋三兩椽。

有客及門何所聞，隔樹讀書聲琅然。

主人延客入門處，柴扉對徑開南軒。

花香襲芸几，竹色侵青氈。

丈許槿籬密，數行桃李聯。

菰芋正時熟，橙橘方爭鮮。

草忘憂而色厚，菊舒金而未殘。

入林迷曲徑，取琴爲我彈。

青鳥對我坐，白魚聽我弦。

賓主各散慮，花鳥應投閒。

壺公謂有容身地，巢甫喜得棲枝安。

飲啄身外皆長物，幽棲地僻堪盤旋。

終朝相與古聖賢，何必歌舞群三千。

洞天自是歸人仙，安用瀛海長生丹。

君家風月原無邊，興來議論如湧泉。

醉後耳熱面向天，對酒當歌詩百篇。

悞疑路入武陵原，早來行樂西江干。

人生行樂須適志，天生我才應不負。

梧桐楊柳太有情，江湖廊廟惟人遇。

詩成索紙信手書，書來散髮開庭步。

松下户，花下路。

緩步黃昏人未醒，月照紗巾穿屋樹。

笑味陶家歸去辭，令人日涉兮成趣。

雷門三節

弱草棲塵經雨濕，狂瀾倒海誰壁立？
秋老霜摧碧玉枝，梧桐露下因風泣。
千古頹波孰起衰，雷門三節真堪奇。
武衛窮荒麻苧冷，挑燈共詠柏舟詩。
誓保貞骸歸北隴，忍移芳屍添疣腫。
刺面斷髮撫遺孤，苦節貞堅仁者勇。
我聞賓婦梁高行，操刀割鼻辭人聘。
漢中趙妻張禮脩，塗面懷刀死亦休。
廣陵范姬孫奇婦，割耳裂鼻迎者怖。
廖伯之妻段紀配，作詩三章有生氣。
此皆貞婦垂芳名，未若李母之懷清。
婦姑姒娌各一姓，天地鬼神同一情。
植孤發科大有成，表揚貞節身名榮。
邇來吳越方遭兵，膏粱紈袴徒踐更。
但長鬚眉不長志，焉得勇者稱師貞。

涇川遊水西寺次謫仙韻

久慕涇溪勝，乘閒出西郭。
清波注澄潭，琪樹掩高閣。
騷人多品題，遊僧長憩泊。
智寶水中拾，善果松前落。
怪石產幽花，香林解新籜。
太白已仙遊，千載誰奇作。
惟覺餘英爽，晨起橫寥廓。
芒履尋真源，頗愜隱淪諾。

高齋對鶴次謫仙韻

喬寓陵陽峰，企慕二仙作。
啟鑰伊誰力，流風尚如昨。
群彥工文章，詩名蒲城郭。
清思發鳶魚，乘時各鳴躍。
惟此石上松，伴我庭前鶴。
淡月暫棲遲，輕風遡寥廓。
逸翮後飛塵，素志傾葵藿。

豈自夜郎歸，頓爾豪氣索。

風雲同聲應，意許重然諾。

清響唳丹墀，翱翥青雲閣。

南陵遊五松山次謫仙韻

謫仙夜郎去，承恩得生還。

日與常贊府，來遊五松間。

詩成鬼神泣，浩歌天地閒。

遺踪可尋覓，逸韻難追攀。

邇來無巨筆，空餘此名山。

五松放直幹，柯條布南州。

爽氣萬間廈，驚濤三峽秋。

響協玉琴奏，耳聽寒泉流。

飢餐黃金粉，嘯指白雲遊。

同志二三子，憩此堪藏修。

登越王城山 ① 勾踐棲兵處。吳王使人饋鹽，答以雙鯽水草。解圍去。

荒城倚懸壁，陡如長鯨額。

右汲湘湖水，左吞落星石。

潮上錢塘明，風搖吳山碧。

魚藻答鹽盤，溫言解兵厄。

一誠能動物，萬古留長策。

我來秋氣爽，采霞鍊玄液。

注釋

　①城山：位於蕭山湘湖，此山原爲春秋晚期越王勾踐築城屯兵拒吳之地，故稱越王城山。

遊玄妙觀 <small>在宣城鰲峰上，爲陵陽第一峰。相傳有漢量唐鍾，今寶劍尚存。</small>

江南有白鶴，飛集鰲峰梧。

朝濯宛溪水，不受飲喙污。

此中仙宮起，獨許風景殊。

神鍾唐時物，古量漢所斠。

澄心龍淵劍，繪壁寰瀛圖。

鍊骨修真訣，乘風歷海隅。

偶然逢羽士，雲表落雙鳧。

贈江寺璁雪峰春日見訪

法化泯百慮，戒慧稱名僧。

眾生各紛擾，暮鍾晨雞興。

苦海率難離，彼岸誰先登。

時無可語者，中歲方傳燈。

惟是真佛相，迥出空門上。

經卷若涌泉，聲律亦清壯。

邇來棲衡門，偶然過錫杖。

毫素掃新詩，蘭亭續絕唱。

雲臥石屋陽，山行水月莊。

處世殊闊略，惟僧與徜徉。

以吾逃禪癖，憐爾夢浣腸。

來結遠休社，愧無光焰長。

學詩思無極，持戒須努力。

素口不茹腥，澄心勿迷惑。

振衣還山去，乘風附鵬翼。

歸見蒙山翁，爲道長相憶。

遊旌德縣石壁次安定胡先生韻<small>兩山皆石壁，中有清溪，南北三十里，如蜀之棧道、嚴之桐江，風景可愛。</small>

旌川好石壁，唐宋名賢遊。
尋幽入深谷，逸興投滄洲。
詩豪出間世，神交幾千秋。
石壁愈高古，巉巖壯南州。
懸崖落輕溜，溪水何清幽。
枯松掛怪石，鰲峰列岑樓。
山花日已綻，春雨來既優。
乘閒遇淑景，仰止諸前修。
劍關三十里，鈞臺千古休。
臨深掬水飲，味勝碧玉甌。
山靈天所秘，佳氣人罕投。
蒼梧白雲飛，赤城錦霞浮。
名山青玉案，曲水珊瑚鈎。
所以高蹈士，漱石枕寒流。

宿三溪館次壁間韻

陸程晚行倦，郵亭看山立。

雨後晴更好，溪漲水方急。

松風天漸凉，禾黍秋將及。

遥見紫氣騰，應有神龍蟄。

梧月蓬窗明，草露芒鞋濕。

聞有石壁好，曉從雲中入。

吊陳靖獻先生祠<small>革除間，禮部尚書陳公迪一門死靖難節。</small>

比諫箕狂全大義，微子歸周抱祭器。

商祀不可以無存，三仁不同同一意。

成周頑民不忍殷，豫讓國士寧忘智。

人臣職分所當爲，報國捐軀始無愧。

靖難師起海宇清，齊黃諸臣不並生。

受顧握奇大司馬，南北水陸何無兵。

公調玉燭掌邦禮，宗社不守當待烹。

孥族親友悉流戮，毋乃太亢非人情。

王魏偷生召忽死，死節焉至忘宗祀。

胡爲不遜取滅門，可憐宗祊無杯水。

飯豬背盟誰氏子，巧宦投荒污青史。

遜志先生公知己，慷慨激烈古無比。

智者撥亂而反正，仁者殺身以自沈。

子寧尚在當用之，是修食禄盡彼心。

文皇天語達古今，尊經閣上正氣森。

登州莊浪世忠孝，幸有族系聯朝簪。

送處士周順之歸黃山仙都峰次謫仙送溫處士歸黃山白鶴峰韻

黃山插天際，最高仙都峰。

雲門拱石柱，疊嶂開芙蓉。

飛來雙白鶴，惟伴幾青松。

浮丘煉液處，尚遺昇仙踪。

處士歷青鎖，忠諫方龍逢。

貫城留五載，金雞傳九重。

放歸仙都峰，灌沐丹砂井。

茹素何清癯，錬形殊秀整。

三十六峰東，云是棲仙叢。

訥溪寒徹骨，采石光射空。

時到骨自換，餐霞吐絳紅。

祁陽浯溪磨崖碑

　　唐道州刺史元次山結作《大唐中興頌》，顏魯公真卿
所書，刻磨崖石上，古稱祁陽三絕。宋黃山谷先生又有詩
以發頌意。旁有鏡石，光瑩，用浯溪水淋之，可以照里許。
昔人載京賂權貴，淋他水，即昏；携歸，復明。亦水石之清
相投也。两度維舟其下，爲賦此詩。

　　　顏公書法元公文，涪翁詞翰騰風雲。
　　　磨崖穹碑歷千載，豈無日炙野火焚。
　　　要之忠言切唐事，此頌古今咸快聞。
　　　浯溪三絕稱賞久，遊觀保護殊繽紛。
　　　楊家權幸傾天寶，胡馬腥穢長安草。
　　　妖環奚矙萬骨枯，翠華幸蜀殊潦倒。
　　　蜀雲惨淡落日斜，隴月新出光芒皞。
　　　從權撫軍慰民望，何必正位始清掃。
　　　上皇蜀歸長慶樓，張后林甫惟身謀。
　　　養以天下古無比，南内恒歎堯幽囚。
　　　日光玉潔頌旨婉，龍蟠虎躍筆力遒。

天齊石下唐亭上，碑間有淚投湘流。
春秋褒貶一字義，正名討賊無迴避。
山中小臣痛至骨，對立豈止詳文字。
鏡石水清漆色光，祁山雲歛青螺翠。
拄杖來尋漫叟宅，惟有僧住溪邊寺。

東溪鄧太翁開宴席上書扇留贈

西湖曉踏秋風閒，蹇驢策我烟霞山。
石屋雲連結天宇，青嶂壁立非人間。
東溪碧水開平遠，白石疏林坐秋晚。
千山風物收奚囊，一派笙歌來絕巘。
溪邊佚翁顏如玉，角巾勇退早知足。
佳賓席地拾流觴，枕泉漱石無羈束。
我辱佚翁忘年交，幾回酌我開冰庖。
鍾乳金釵非所性，待掃淨室菅仙茅。

書黃朗峰扇

山脉來天目，平沙落淺灘。
青峰排繡闥，綠樹映雕盤。

老去携雙屐，閉門操一簞。
挺奇殊適意，把秀自堪餐。
髯拂仙風動，眉舒道眼看。
夜分高閣望，雪月照人寒。

病起謝史正言席上口號

營衛充暢生乃滋，氣血順逆分斯須。
智者自調方察識，指下一失生滅殊。
溯洄精義有卓見，格致餘論全真吾。
内外之傷孰辨惑，此事難知與心俱。
史門世傳醫國手，溪石未能醒卯酒。
望疾問切稱三長，許人意氣孚盈缶。
我生孱弱幼多病，丁亥閩嵐持日久。
辛卯南雍復患脾，戊戌燕山無笑口。
三十年來魚腹災，炎夏水土俱塵瘞。
須君所蓄九年艾，侑以良劑心脾開。
亢不爲害承乃制，重玄關鑰時雨來。
玉池清水潮百脉，靈根堅固羅三台。
病起還傳將理略，寒毋滄滄熱灼灼。
人言史猷端不猷，酌古奇方賣真藥。

試藥時醫恒殊調，見伊大言皆冷笑。

內經素問有誰知，趁此老醫口傳妙。

臨烝石梁天人交濟錄排律八韻 丁巳稿

瀟湘出永經衡陽，比會烝水何蒼茫。

臨烝驛前梁毀滅，萬里遠道艱梯航。

浮舟觸石或及溺，結筏纜杚將濡裳。

希翁秉鉞蒞衡日，視民病涉如病創。

出入師虞忘寢饌，守令僉曰石橋便。

度非萬金奚傛工，時訕舉贏酌權變。

衡民書籍殊爭先，數日千金尚餘羨。

欣然喜曰吾事濟，兩臺並嘉有深見。

遂以乙巳之二月，卜吉遣告將明發。

朝陽方曦中忽晦，一聲山裂天空虺。

群工懼走慮不前，二石雙墮從天刖。

順次江滸山自安，其端有文清入骨。

先紀橋名後歲時，石中期日誰司之。

眾方大愕且相顧，橋之更新天相茲。

翁與守令各捐俸，資給餉直咸有差。

感異樂趨日益眾，傾貲助役恢宏規。

兩涯相距六百尺，七鞏石梁如掛席。

高可五丈廣殺之，上下從衡純用石。

靈龜負砥水怪清，螭龍飛梁鱗甲碧。

湘江貫郡天漢津，橫橋南渡牽牛烏。

長堤馳道挹江瀾，使旌憲蓋來雲端。

春城垂虹晴尚飲，夜燈星度山隅寒。

交廣驛騎殆相屬，荆潭章服時遊觀。

溴梁幸免曳輪患，河厲當垂磐石安。

橋名永濟出翁手，砥柱湘烝垂不朽。

岳亭御史寫穹碑，將紀其事翁曰否。

晴空心事照澄江，茹垢含污幾夢藪。

累遷總憲去十年，楚人頌德如一口。

揚歷各省今浙轄，石屏胡公秉衡節。

考政問俗得其詳，巨筆揚休有三絕。

二公到處留陽春，四方清節飛冰雪。

當與衡陽回雁峰，石梁相顧共磨滅。

　　右承石屏胡公見諭而作。組織來文以爲韻，采民之風以爲詩。亦史體也。

別萬北海 丁巳稿

西陵堤上樹星旂，闔邑衣冠送別時。
天鼓齊鳴潮正上，猶憶龕山向督師。
君須醉我江頭醾，世事飄飄渾舞絮。
柴桑早賦歸去來，三徑笑傲真忘慮。
蕭民供費殊百出，海防勞役何時逸。
多君腳底生陽春，八年用心如一日。
今日忽然棄我行，離歌哽咽難爲情。
前召後杜有列傳，可能相繼蒲輪迎。

壽吳月巖歌

吳山之巖與天齊，南峰北峰如秉圭。
上弦月上西山西，清光普照天下溪。
朱輪畫舫得擇棲，良賈遠人恒面稽。
秋風九月蘇公堤，高人吐納和天倪。
平心率物來航梯，千金拱璧揮如泥。
流輝萬里通深閨，桃李不言自成蹊。
我見月巖氣如霓，長年兀坐忘驚嘶。

須臾甲子上壽躋，孫曾玉立左右携。

荆棘掃盡生交梨，玉兔搗藥成金虀。

青山明月堪薄批，那管白日催黃雞。

書壺蘭小隱卷己未

壺公稱五奇，木蘭收萬壑。

山水清絕處，佳氣殊綽約。

粲若雲錦張，蔚然虎鳳躍。

林公世隱斯，道風未淪落。

日出海東紅，凉生荷芰風。

倡和皆詞伯，遊賞多宗工。

燕山稱寶桂，南史誇荀龍。

地瘦食味澹，水清人禀聰。

仕止適時宜，隱居樹行義。

閉户著述多，傳家真粹思。

莆陽盛耆儒，壺陰蘊秀異。

豈若金張家，赫奕崇聲利。

放舟出浦嶼，鳴鵠呼雲侶。

屈賈相頡頏，曹劉私許與。

漢傳十德門，孝稱雙闕里。

卓哉九牧裔，世世纘休緒。

春山曲贈吳子世芳

春山萬卉如鋪翠，浥露含風水容媚。
蘭谷鶯啼桃杏紅，莎汀日麗鵁鶄萃。
金銜紫騮嚙芳草，羅衫仙子爭馳道。
試問巖前老桂枝，寧趁韶光早開好。

書吳子扇

憶昔長安起部遊，尊翁絳帳適淹留。
白頭校帙每踰夜，聯騎看花直到秋。
英妙傳經仍下榻，清間把酒更登樓。
南宮他日瀛洲選，應念山中竹樹幽。

白龍出海歌

越望亭前送使君，縉紳祖帳中慇懃。
忽然雷電甘雨注，賓衆戰栗江之濆。
空中仰視白龍見，分明鱗甲昂青雲。

薄施雨澤遍海國，吞吐元氣何精神。

白龍昔潛漢江上，懸崖絕壁三千丈。

白下相逢廿載前，群季素養惠連望。

大江之西曾寄蹤，越中五載多寅亮。

黃堂清政分左符，督府平夷膺虎韔。

臺察飛章清鸒鷯，監司羽檄稽伍簿。

裁冗理劇如有神，朝婺夕明奔孔武。

暇日稽山講席開，九庠多彥虹霓吐。

越民樂業歌孔邇，前有召母今杜父。

耿耿奇思敷禹穴，矯矯才識稜風節。

三載考績莫敢留，諸司褒語殊稱絕。

嗚呼！六月十九何炎熱，鄉大夫士方酌別。

席間龍見端不褻，預占面闕龍顏悅。

望公早旋陳浙枲，留神净掃東夷孽。

送吳三尹入覲

一函馱一騎，祇此到京華。

薄宦偏長客，逢村即是家。

袍霑涿鹿雪，路入古燕霞。

一年兩都遍，莫歎道途賖。

仙鄉龍窟上,行李涉天涯。

踏遍長安勝,寧論越上花。

千山知己月,萬里射鵬沙。

竚望南旋日,園蓓正發芽。

漁浦^①續錢起句

漁浦浪花搖素璧,歷山松蓋擎危石。

龍門玉立雙青童,雲峰復出如遺直。

西江四景佳絕處,天與山人助詩癖。

扁舟早踏巫山津,乘潮直抵桐江驛。

風帆煙樹揖笑迎,蓮者蘭汀隨意適。

鷗鷺忘機狎畫檣,魚蝦入饌充珍席。

雷夏水與姚江通,禹迹茫茫皆舜澤。

注釋

　①漁浦:位於錢塘江、富春江、浦陽江三江交匯處,曾是蕭山的三大集鎮之一,是商貿、征鹽、課稅的主要關口。漁浦渡在古代既是水利樞紐也是軍事要塞。

湘湖次劉伯溫韻

石巖上沼天潢水，三春雷動香泉起。

懸崖晴瀑洗湘湖，沆瀣澄泓三十里。

湖堤南北兩山橫，楊文靖公曾專城。

開湖潴水備旱稿，百錢斛米時常平。

芰荷風清暑氣遠，蒓鱸味美秋波滿。

芒鞋柱杖到底頻，翠屏八面相看晚。

九鄉決水灌龜圻，袞袞清流按則來。

楊祠相對南齋墓，曾有何人賦八哀。

航塢山白龍王廟①次韻

航峰特立江天表，明越諸山下方繞。

滄海澄清麗日新，龍宮高入寒雲渺。

新秋鶴（庚）〔唳〕月下松，殘夜雞鳴海東曉。

懸流激石雪滿崖，神龍潛處天池小。

暫收雷電蒼巖邊，曾沛甘霖九圍好。

枯僧選地住高平，日抱華嚴從我考。

珠璣落唾詩家奇，戒定澄源僧世寶。

惟有昭融天地心，磨滅崗巒長不老。

注釋

①白龍王廟：位於蕭山瓜瀝鎮航塢山山巔，始建於北宋熙寧年間，明代時，山北側爲錢塘江。

苧羅山①次誌韻

葱蒨苧羅山，溪多白玉石。

石上浣紗人，西子傾城色。

越王購千金，宮中罕其匹。

孰思美人局，飾伊餌吳國。

寵極館娃宮，酒妹姑蘇域。

色荒豈知戒，忠良不之直。

歌舞日益新，民隱天門隔。

於越潛復讐，强吳玉山踣。

智勇徒心勞，成敗俱山寂。

一統華夷歸，萬里封疆斥。

五常恒慎徵，九載嚴幽黜。

秖願人紀修，勿爲前亡惜。

注釋

①苧羅山：相傳爲春秋時越國美女西施、鄭旦出生之地。

送縣尉張朴庵入覲

君行正值嘉年月，冀北風高肅霜冽。

瀛海十里五里冰，燕山千峰萬峰雪。

聽鍾待漏拜楓宸，履端之始慶長春。

上方錫鈔齊趨宴，簪笏滿朝皆縉紳。

昨年珍重龍涎惠，静對小齋清入細。

西陵焉得辟寒香，令君座上那分袂。

見説應朝思伏闕，便隨蝶夢侍宣麻。

拜麻莫戀京華舊，遲我山亭未放花。

卷七　書_{弟九川校輯}

與巡按傅應臺^①西江塘水利書_{己亥稿}

蕭山地方，紹興府之西北隅，錢塘江之東南濱也，傍江爲縣。堤江東南，自桃源十四都臨浦，而至四都褚家墳，南北四十餘里，所以防上江之水，在縣之西，謂之西江塘。江至四都，則折而東矣。自四都而東，至龕山，六十餘里，所以禦大江之潮，在縣之北，謂之北海塘。皆沿浙江爲之也。

浙江上流，自三衢之水東流龍游，經蘭谿、嚴州、桐廬、富陽，直抵蕭之地名漁浦，而匯于錢塘。此上江之經流也。其所受枝流尤多，金華、溫、處之水自蘭谿入，徽州之水自嚴州入，新城分水之水自桐廬入，皆東注焉。漁浦之南，則槃浦江也，受諸暨、浦江、義烏之水，經臨浦磧堰而北注焉。漁浦受江經流，又合諸府山水，曲折而北，經四都西北十餘里，則又自北而東，匯于錢塘，是謂浙江。蕭人呼爲大江。蕭山正在其東南轉屈之間。此江流之曲逆，水勢所必衝，其害一也。

大江兩涯相去十八里，江面汪洋，水有休息，左右游波寬緩而不迫。上江之面，不盈一里，窄隘而不容，泛濫而難洩也。此上江之不寬，水勢所以必溢，其害二也。

蕭山在江東南，地頗低窪。杭、嚴、徽、信、金、衢、溫、處八府在江之西，崇山峻嶺，凡遇淫雨，山水犇騰，而東俯視蕭山若建瓴然。此地形之高卑，水勢所必趨，其害三也。

方山水之漲也，與塘面平。西江塘面去水無幾，杌陧之勢，惟恐不支。然山水自上而下，海潮自下而上，朝潮夕汐，應時而至，勢如排山，逸于犇駟，東風駕濤，一息千里。時方小信，猶有落水之候；若遇大信，潮水有升而無降，山水有加而無已。上下衝激，彼此怒號，頃刻之間，沸湧尋丈。塘土幾何而能當此？既無洞庭、彭蠡之匯，必有潰決橫出之勢。此潮信之加漲，江塘之反卑，其害四也。

國初，上江洪流在漁浦西北十餘里東北入大江。若槩浦江之水經臨浦麻溪，是謂小江，東至三江入海。大江在縣西北，小江在縣東南。縣以二江爲界，素不相通。成化年間，浮梁戴公琥來守紹興，見山陰、會稽、蕭山三縣之田，歲被小江之害，且小江兩涯皆斥鹵之地、萑葦之塲，可以田而耕也。相度臨浦之北、漁浦之南，各有小港，小舟可通其中，惟有磧堰小山爲限。因鑿通磧堰之山，引槩浦江而北，使自漁浦入大江，由是槩浦江與大江合而爲一。乃大築臨浦之麻溪壩，使槩浦江之水不得由小江而下，以爲山會西北、蕭山東南之害。又于濱海之地修築三江、柘林、夾蓬、褊拖四所斛門，節宣水利。由是附近小江之民，反藉小江爲利，而兩涯之斥鹵者，今民居矣；萑葦者，今桑田矣。戴公之功也。小江居民實受其福，而西江水患從此滋甚。《考工記》曰：善溝者水嚙之，善坊者水淫之。蓋謂上水湍流峻急，則自然下水沙泥嚙去矣。戴公之初心，惟恐漁浦磧堰之沙不能一朝嚙去，以通槩浦江之水而濬滌之，尤拳拳焉。豈知數十年來，日漸月洗，決嚙流移，漁浦江塘屢被衝壞，日徙而東，擴爲巨浸。里册之坍江，不知凡幾；貧民之陪米，了無紀極。戴公豈知有今日哉？漁浦受累，蓋非細矣。是以上江洪流，亦徙而南，混爲一區，以漁浦爲匯。國初洪流之在北者，漲爲高沙，乃在錢塘縣之境，今之所謂新江嘴，俗呼爲米貴沙，即此地也。此磧堰之既開，江流日剝而東南，其害五也。

　　受此五害，蕭民日受西江之患。蓋嘗訪之江濱，西江之塘從古有之，不知其始。自四都至漁浦十五里，古塘也。古塘之式，崇高三丈，基闊五丈，其面半之間有內外溝港，抵塘之處，甃以巨石，輔之木椿，樹之榆柳，聯之民居。歷代雖久，尚有存者。若漁浦南至臨浦麻溪壩二十五里，則磧堰既開之後，江水泛濫，所以戴公仿古式而爲塘，崇廣之數一如古焉。是皆謂之西江塘也。

夫何時平法玩，歲久蹟湮，而塘之三蠹生焉。一蠹於私霪之穴窟也，二蠹於削塘以通貨也，三蠹於上都之偷掘也。

蓋近塘高田，凡遇旱乾則掘塘甃霪，以通車戽，汲引江水以灌田禾。苟辦目前之急，不虞身後之患。江流漲時，霪穴通水，涓涓之泉，勢將滔天。禾固無收，而家亦蕩廢矣。此爲塘之蠹者一也。

在臨浦、義橋、倪家壩，則有木簰引鹽之出入；在汪家堰、楊家浜、聞家堰，則有薪柴磚瓦之出入。射利商人，削去塘土，以便搬運。凡此之地，不知幾所。客貨既過而塘土不增，但知用時而不顧後患矣。此爲塘之蠹者二也。

久雨之後，西江水漲，大信之候，江濤沸湧。時有桃源鄉田，在西江之西，被水注溺，計出無奈，則百十爲群，黍夜偷掘江塘，使水從內而灌，桃源始得蘇息。不知一鄉之害雖去，而三縣之害無紀極矣。此爲塘之蠹者三也。

凡此三蠹，塘長知而不敢言，告諸官而不加禁，一經淫雨，三蠹畢生。即出不意，踰塘而入。自正德己卯大水入，嘉靖元年水再入，六年丁亥水又入，十二年癸巳水又入,今年六月大水又入。凡江漲也,必以梅雨水之入也,多以六月。自己卯至己亥,首尾剛二十年,而大水漂流者五度矣。豈水之罪哉?地勢卑而不振,堤防缺而不脩,三蠹集而不知,人心懈而不守,遂使滔天之勢,排空而入。不惟巨浸蕭山,而且流毒山會,茫無垠岸,連爲一壑。流徙我桑田,漂泊我廬舍,汨溺我士女,損蝕我農功。斯民之不爲魚鱉者,能幾何哉?惟時蕭山、山、會三縣洩水之處,惟三江斗門而已,連年久閉,海道湮塞。府尊篤齋湯公移置三江城外,建經宿閘②,多張水門二十八洞,賴此而水有所歸,始易疏洩。然是閘也,本以疏內河之水,非爲洪水而設。民懼不保,計出無奈,則決北海塘許家缺、二都蘆康河、三都股堰、大堰、長山閘、龕山閘等處,分殺水勢,徐俟旬月,然後水落土見,降丘宅土。幸未即死,而一年之生理去矣。交秋之候,買苗插田,而佈種失時,必無西成之望。卑濕沮洳,疫疾繼發,而無和藥之需;待哺嗷嗷,群聚爲盜,而無垣墉之蔽。家無儲石,野無青草,服食之物,腐爛一空,啼哭之聲,達於四境。目擊其害,誰不痛心?

然則西江無塘,蕭民難保其生。塘弗崇廣,猶無塘也。十年之前,憲副丁公沂、僉憲蔡公乾相繼來督水利,慨然動慮,加志窮民,乃準近年之水痕、先年之故迹,謂塘

非高三丈，不足以當江漲也；謂基非闊五丈，不足以立巨
防也。乃出舍于江皋，責山陰之助役。又作樣塘十餘所，
置準架一座，預期塘成之後，使人挽曳而前，有不如式，即
治其罪。甚盛心也。民方樂于赴功，擬觀厥成。不意二
公陞秩繼去，執事之人不皆二公之心，竟托空言，良可嘆
也。嗣後，張侯選、王侯聘相繼來尹蕭山，愷悌之心，民豈
可忘？而工役浩繁，非邑可辦，措置艱難而銀錢有限，督
理心勞而民力易窮。是以塘之高廣不如古式，而補塞罅
漏，終非永圖。故曰：不一勞者不永佚，不暫費者不太嗇。
然則大興工役，必何如而可？蓋西江之害，小江之害移之
也。然西江塘決，朝浸蕭山，夕達山會，脣亡齒寒，裘破而
毛無所傅。害每相因，竟未嘗免。蕭山既爲山會而受害，
則山會當助蕭山而築塘。近聞小江新漲之田，年來三縣
從輕科糧，漁浦之民欲將此糧奏抵西江之坍江。今非所
及也。亦且未暇以小江之利爲辯。近年湯侯之築三江塘
閘也，本在山會之地，而蕭山水利亦賴疏洩，是以民皆樂
從而助費助工，未嘗有失。今西江之塘，雖在蕭山，而山
會之民同其休戚，然則築西江塘之費，應倣三江閘之故事
而行之，夫豈不可？蓋三江閘，三縣之下流也，水患所由
洩；西江塘，三縣之上游也，水患所由來。水脈流通，本同
一地；利害相因，事同一體。防江捍海，罔非民功；我往彼

來,罔非己事。請以蕭山、山陰、會稽三縣連年庫存患塘銀兩,顧倩築塘丁夫。并力合心,共興大役,分授地里,各効其能。在山會所不能辭,在蕭山亦不爲泰理所相應,情所必至也。惟執事俯念斯民之窮,彌縫天地之缺,尋按舊跡,講明古今利害之原;相度原隰,務爲萬世永賴之利。以三縣之田丁,興四十里之工役,秉獨斷以致決,而百堵皆興;禁三蠹於將萌,而五害屏息。是謂逸道使民,雖勞而不怨;慎終于始,不惡而自嚴。其間經畫區處之方,執事自有成算,奚俟於贅辭哉? 謹將地圖一幅,并作答難一篇奉覽,惟留神幸甚! 幸甚!

注釋

①傅應臺:傅鳳翔(1487—1551),字德輝,號應臺,湖北應山縣人,明朝嘉靖二年(1523)進士,官至兵部左侍郎。嘉靖十五年(1536),任浙江巡按。

②經宿閘:又稱三江閘、應宿閘。明嘉靖十六年(1537)紹興知府湯紹恩主持修建。共有閘洞二十八孔,用二十八星宿的名稱來編號。橫跨於錢清江上,位於錢塘江、錢清江和曹娥江的匯合處,是紹興和蕭山兩縣水流的主要出口,數百年來曾經對農業生產和人民的生活起過十分重要的作用。

納周六峰親家禮書

伏蒙尊慈不鄙寒舍，以第二位令愛與第三小兒爲姻，兹行聘者。言念《關雎》令德，周南慎萬化之原；《思齊》徽音，黃耇①頌百男之慶。由女道婦道而母道，炳燿三星；自多富多壽而多男，駢臻五福。生民以來，惟周爲盛，相繼作者，莫之與京②。蓋合二姓之好以著代，惟天賦資始之良；重人倫之本以蕃生，惟聖取化醇之象。和成締好，所以開其先；附遠厚別，所以正其始。故六十四卦，咸男之取女利貞；三百餘篇，君子之好述樂正。桃夭暢宜室之情，梅實詠及時之會。此民彝之大綱，而齊治之首務也。稱兹元禮，仰附名門。伏惟尊親家六峰周老先生，舂陵正派，東越名家。翰苑摛詞，綸綍③擅文章之譽；成均造士，縉紳切山斗之瞻。表儀推重于儒林，家法尤嚴于姆教。皋學未聞道，才不猶人，漢署班中，曾預雞香清籥；玉河堤上，時陪鶴駕仙遊。惟仕籍之通聯，獲永言之鼎贊。迺者第二位令愛，四德夙嫻，詠雪之才早著；第三子世孚④，一經初授，凌雲之志未申。欽仰德輝，思附姻婭之末；講脩世好，敢申嬿婉之求。稚弱何能，偶中雀屏妙選；絲蘿仰附，喜承喬木交陰。和鳴久協於鳳占，定禮尚稽於雁幣。

今荷良辰，敬陳菲禮。問名納采，式存備物之儀；脩詞立誠，允布承筐之破。但願締聯二姓，偕好百年。金玉交輝，德順各宜其位；琴瑟靜好，室家永樂其休。葛覃采蘋，賴柔嘉之淑質；齊姜宋子，顯閥閱于門楣。俾江夏之黃童，賢孝休聲復振；卜諸姬之椒實，衣冠世德繁升。皋肅拜操觚，儼德星之在望；焫香申簡，希電矚而笑留。

注釋

①黃耇：年老的人。

②莫之與京：大得沒有可以與之相比。

③綸綍：皇帝的詔令。

④世孚：黃九皋第三子黃世孚，由邑庠例貢生，授江西武寧縣主簿。

卷八　賦_{弟九川校輯}

海不揚波賦有序_{丁巳春，地方初寧，敷揚戎政，寓規諫也。}

　　皋按：浙江南爲紹興蕭山，北爲杭之錢塘。蕭龕、杭赭二山，呼爲海門。東北則杭、嘉、松、蘇、常、鎮、揚、淮、登、萊、遼陽地也，東南則紹、寧、台、溫、福、興、泉、漳、兩廣地也。蕭、錢二縣峙江南北，東至海門五十餘里，不知兵革之事，蓋百九十年矣。邇來海禁疏闊，防閑漸弛。東風時作，連月不止。倭奴乘時，鼓利舟，抵海外。則有前年誤調守關之閩戍、台明節年通番之豪家、海島亡命之鼠輩，向導入境。自嘉靖壬子春，黃巖被擾，寧紹震恐。癸丑，漸入內境。撫臣相機（樸）〔撲〕滅，隨亦滋蔓。甲寅、乙卯，大舉入寇蘇松海岸，據有柘林八團之地，以爲巢穴。連年大肆毒掠，北自淮、揚、蘇、秀，以及于杭，南自閩、廣、台、寧，以及于越，所過焚蕩殘傷。東南之民如冒宿霧霾瘴，不知所向者，五年于茲。上厪聖君賢相宵旰之憂，敕我梅林胡公，由巡院，而撫院，而大執法，而大司馬，總督諸省軍事。霜臺冰令,風行海隅。清夜籌思,調遣群策,開誠布信,計出萬全。我師所臨,輒挫其鋭,或東或西,隨出隨没。俘獲不可勝數,巢穴以次蕩平。資給向導,悉正以法。防禦訓練,恪有章程。海洋底寧,東南安堵。蓋瀛海,天地之巨區,諸水之會歸也;霜臺,天地之義氣,肅殺之司命也。摧陷鯨鯢,廓清瘴霧,海不揚波,重瞻天日。功將日就,辭不容已。謹製短賦,敷演微誠。賦曰:

嗚呼溟渤,百川委輸。浮天無際,極地爲輿。北吞碣石,南薄崖朱。東浸扶桑,西浹天墟。百蠻列部而飲啄,醜類傍潤以懸居,胡珍不育,靡怪不儲?其清寧也,洗天浴日,駕風憑虚,蓬萊瀛島,員嶠方壺,群龍蟠旋于貝闕,蜃氣隱約于雲衢,鵾鵬之所遷化,神僊之所宅廬;其變幻也,波濤夜驚,陰雲夕市,宿霧漫空,塵霾載鬼,濁浪排山而横流,蛟鼉凌波而四起,陳茂之拔劍不能息,風后之南車不能指。固氣數之不齊,抑滄桑之難紀。

迺維壬子春夏,颶風迷津,數月不解,積雨連陰。髡顱裸形之國,聶耳秃髮之群,浮艨艟而毒矢,挾犀利以戕民。始擾赤城,繼及姚鄞。遠近震恐,冠裳聚嚬。筐篚資給于右族,水陸向導于守人。亡命挾懷鄉之憶,脅從懼玉石之焚。是何青天毒霧,瑶海祲氛耶?蓋厲民養奸,召外守内，玩寇資糧，沉舟弛備。以前節制之不臧，數歲海防之漸廢。釀成漫天之宿霧，馴致震海之裋壇也。迨夫甲寅春月，蘇松守蹶，始有柝林之巢，八團之穴。壙野連營，平沙灶突，石墩一支，倚爲三窟。乙卯大舉，毒我民骨。豈知島夷矯虔，凶徒蝗怒。橫距秫衣，睢盱跋扈。矢不虛發，鋋不空露。烈熖燭天，腥涎迷路。三吳波蕩，浙閩哀籲。男女奔觸，老弱悵遽。喪精亡魂，失歸無住。投林匿山，不邀自遇。若薙氏之芟草菅也，既崇蘊之復行火焉①。鋒鏑之所殘傷，風煙之所物故，缸鑊之所熬脂，厓谷之所僵仆。于時之亂，生民幾亡，嬰兒失顧。村無完室，郭罔遺戶。白骨暴於郊衢，玉釵收於泥污。原野流人之血，水陸絕人之路。怪其蒙冒昏昧，毒氣薰蒸。洪濤震撼，澎湃奔騰。百色妖露，雨屑雲崩。駭水沃日，驚浪雷轟。文豹隱其炳蔚，長鯨肆其憑陵。嘆伏波於浪泊，迷漢師於平城。故下民號而上訴，上帝監夫下情。豈慮蚩尤符水之妖術，賴有風后握奇之玄經。

　　茲蓋幸遇廟算神猷，玄思於密勿；元勳碩輔，論贊於西清。司空推賢而僉允，玉書專任以授成。迺維梅林胡公，黃山之靈，黟川之精。壯志吞夫雲夢，胸中富於甲兵。推轂拜命，開府樹旌，招搖在上，赫怒以興。每陳師而鞠旅，即教達而禁成。坐作進退，節以軍聲，火烈具舉，武士輕生。坐幄淵淵而定策,臨戎閒閒而飛觥。機變儵怳,沉默深閦。動應無方,感事運成。經紀天地,錯綜人能。妙不可盡之於話,筆不能紀之於藤。蓋所仗者,霜威肅境,玉節臨臺。風清海晏,霧斂雲開。朝旭呈象而新霽,狂波鏡靜而沿洄。大氣始凝,秋令清嚴以太摯;金風效順,神功默運于霜臺。夫霜,商也。金令嚴肅,夷則清商。蒹葭蒼蒼,白露爲霜。物當收縮,義取喪亡。草木順時而黃落,鷹隼氣烈而擊翔。皚然潔白之姿,九天素嘉其冽;凜乎殺伐之氣,歲功恒賴以康。故隕霜不殺,知其失政。應候挫物,斯歸蟄藏。時維霜臺,寮度貞肅,風紀振揚。運籌海幄,機密含章。左規右度,己短人長。一道清霜,風行海洋。

迺有連帥參戎,藩垣憲使,偏裨之勇,郡邑之良。協衷攄策,瀝膽敷腸。或募兵而除器,或供餉而峙糧;或治艦以橫海,或定策而智囊;或單騎以諭寇,或伏島以羸羊;或凌波以擣穴,或堅壁以清疆;或集飛艦而翔海衝擊,或率水卒而雪戰方剛。哨探比列於鱗次,警堠聯絡于烽狼。象弭先驅而決勝,萬弩齊發而蹶張。金犀曜日,橫水明光。纖悉備具,制置周防。豐犒以遣之,則調諜得其動靜;歌姬以侍之,則殺氣怠於淫荒。橫海銜艫,躡其歸路,則片帆不返;資質向導,啍伊遺孽,則舉島含傷。餌之金帛，而死命屈致；犒其酋長，而部落乖方。使之自相戕賊，早暮猜防；所以携貳其黨②，而速其亡也。然后跨渤海，架飛梁，斬鯨鯢，斮猖狂。海童邀路而帆檣没，天吳妖異而神彷徨。溺魑魅於清泠，沉旱魃於神潢。柯橋之斷石赴水，龕山之神火流光。羊燈宵征，舟山之礵礌自竭；龍舟電發，石墩之鹵載零洋。沈莊之平，則内外之應合；黄岩之復，則掎角之策良。宗霍之果敢死節，賴兵之敵恇埋光。容美陽山，得鈎鐮之法；永順保靖，稱擊刺之長。大喇鎮溪，負射疏之術；麻僚桑植，有萬弩之祥。③西南猺獞，東北戎裝。靡不畢集，虎勇鈎鋩。斯時也，頭蓬不暇櫛，絕粒忘膏粱。兜鍪蟣虱，炎汗霑裳。草卧露立，星月寒芒。躬環甲胄于烟莽草澤之間，以鼓三軍之氣；多方惑悮其陳東葉麻之黨，深得間餌之方。適會時日之良，天兵下牂。司空統燕趙之士而南下，皆荆軻翼德之流亞也；中丞集青洛之衆而駐秀，其專諸要離之雁行乎。及期會兵，而下令曰：獻全者受賞，傷生者有殃。智勇俱奮，威武鷹揚。賊乃膽落，色喪魂亡。歸窮委命，離群力僵。浙東王直，約葉滿諸酋而入關納款；浙西徐海，劫葉麻王七而謝過獻降。俘醜類以克捷奏，殲渠魁以祀戎行。欃槍旬始，群凶莫當。天乙弛罟，脅從返鄉。霜冽而蛟黽革面，剑指而洪濤息狂。奠安黎庶，蕩清海邦。律資藏以正法，恤歸服之殘瘠。袪黨與則向導滅迹，慎封守則出沒知方。冒險以射利者，嚴越關通番之禁；舟航之上下者，糾守望連坐之章。手持玉節，坐鎮金湯。復農桑于梓里，洗戈甲于天潢。五湖四瀆，安流而朝揖；殊形怪族，潛匿於包荒。雖孫權俘島，殊爲下策；而湯和靖海，僅能頡頑也。

但海之爲器，包乾括地。陽霽清明，陰雲妖異。東風駕濤，波撼無際。榜人揚帆，瞬息千里。往來候霍，靡有定趣。占候風濤之順，逞便舟楫之技。海徼隱憂，東南深慮。盍修經久之規，永垂萬年之計。國家之治海也，府衛內修，海衛外禦。臨定觀昌，金盤松海，備倭分閫，把總六寄。六總哨船，四百有奇；各衛隸所，二十有七：三江、瀝海、三山、東崎、中中、後左、大嵩、霩衢、龍山、石浦，前後孤懸；爵溪、錢倉、昌國，故址；健跳、隘頑，而楚門、海前、新河，而桃渚、平陽、瑞安，而海安、蒲門、沙園，而壯士、蒲歧、寧村，棋布星次。先年略於浙西而詳于浙東者，蓋海道所必由，而紀綱不可廢也。是謂治海之三關，實爲東夷之維縶。沿海列營，舟師哨視。計防海之兵力，顧供輸而匪細。迺有捕魚納官，乘潮射利。月糧瞻家，俳戲供醉。賦民所以養兵，禦外所以守內。奈何衛士無防海之勞，疲民有民兵之累。蓋聞天子有道，守在海外。守位以仁，不恃險害。苟民志之不諒，何云岩險與？襟帶所貴，六總聲息。應援同志哨嘹，舟師莫離信地。參戎簡閱，則有勇知方；海道嚴明，則紀律惟義。衛所慎守，可以減民兵之徵；海門戒嚴，可以撤招募之戍。區宇乂寧，防患于未。爲無爲，事無事。政惟興于有備，兵莫貴于有制。彼廣貴之苗兵，狼子野心，非我族類也；福清之捕盜，素狎夷奴，其心必異也。閩廣之海船，自建白于禺帥，乃遍布于島嶼。篙師舵工，海經分熟復，沙水分默契，向導迷津，作奸匿細。昨浙人投閩兵，無軍功，爲民厲。外省烏合，飛走莫制，良可鑒矣。莫如挑選縣之民兵，衛之勇士，昌山舟師，使習水利。是皆土著，休戚相繫。工餉日給，演操可練馭也；貫址綴籍，有司之常隸也。有制之兵，日親閑衛，有警得令，敢於敵愾，如父兄之子弟，如腹心之指臂，相待一體而自無諸弊矣。乃惟申舊章，下明示：絕閩禺之海船，勿蜇其計；禁福清之捕盜，毋容招致。演昌山之舵工，罷海商之淫技。杜猺獞之非類，散礦徒之嘯聚。坐令海甸，背僞而歸真，棄末而生理。男勤稼穡，女工機杼。器用陶瓦，服崇布素。賤犀象，投珠玉，裂翡翠，沉玳瑁。奇衺不作，金貝不萃。棄錦綺于不用，焚纖麗而不顧。鎮靜惟雅，相安無事，一洗奢華之習，以杜慢藏之誨。將見百姓，邪穢盪滌，如鏡至清。服食澹泊，耳目不營。嗜慾之源滅，廉恥之心生。莫不安分而養性，玉潤而金聲。陰陽和暢，庶物蕃生。壽考多福，大猷允升。禁胡不止，化胡不行。恩從風翔，聲與雲騰。熙熙皞皞，惟德之馨。當寧無南顧之慮，吳會靡外侮之侵。是惟我公捍海擎天，同舟共濟。皦日清霜，潛消瘴厲。四明風清，赤城霞麗。江淮晏然，閩禺清霽。宿霧歛於天末，夕陰化而和氣。員靈鏡净，柔祇玉粹，列宿呈光，銀河傾注。浙江千載澄清，東南可臥而治。謹賦。

注釋

①若薙氏之芟草菅也，既崇蘊之復行火焉：薙氏在清除雜草的時候，不僅把雜草堆積起來，還放火燒掉。用來比喻所經歷的戰爭和灾難。

②携貳其黨：分化瓦解敵方陣營，使其失去戰鬥力。

③嘉靖年間，明朝廷曾征調湖廣容美、陽山、永順、保靖、大喇、鎮溪、麻僚、桑植等地的土兵參與抗倭。

慈雲亭賦有引壬子稿

慈雲亭者，舍親山陰吳州東先生彥憶尊堂茹太宜人而作也。少失尊堂，烏石翁憲轍滇南州東先生，克己自勵，篤志向道，有孝思，有行義。憲節嶺表，棄官廬墓數

年,已而築亭所居之傍,親友顔之曰"慈雲亭",斯亦愍孝子之愨著,殆終身而懷慕者也。皋在至戚,作《慈雲亭賦》。其辭曰:

太和絪縕,天漢爲章。一氣聚散,山澤流光。滋潤寰宇兮或呈祥于帝鄉,無心出岫兮倏卷舒而靡常。在昔虞廷,歌卿雲之爛;惟彼陶唐,孕慶都之祥。何夕歟于蒼梧之野,而終棲于禹穴之傍。松楸霞帔,楮檜風裳。值日午而不㫚,雖風發而不揚。抑半妝之微露,豈夏簟之未凉。我心如醉,揮淚成行。蓋玄間雲物,乘是氣而茫洋;郡山薈蔚,若慈烏之雙翔。知之者謂我心惻,不知者謂我若狂。乃吳太茹之委化①,衍太和之玄蒼。龍蟠鳳翥,繡文錦章。覆之如蓋,帡之如房。環珮鳴月下之音兮,松濤奏雲和之章。觴王母于瑤池之上,迓慈顔于真元之堂。致愨思著兮,儼音容之在望;綏我思成兮,祈錫福於無疆。厥初太茹,早歲云亡。吳有冢子,足紹②宗祊。念克諧于底豫兮,悲中夜而履霜;寧蘆絮以自寒兮,忍三單而參商;就外傅以自勵兮,甘斷虀而炊粱。母氏聖善,惟予無良。麻苧秋燠,寒繁夜長。文藝苑,翰墨塲;發清思,搜枯腸;泲沆瀣,鍼膏肓。目展萬卷,並下五行。是以能從名儒而究學,奮青霄而激昂也。及其登名天府,臕仕巖廊。御史執法，封章皂囊。謫官思南，炎嶠遐荒。均州拜牧，南劍遠將。宦迹所歷，白雲太行。觸目動念兮雨淚瀼瀼，風木懷憂兮終天茫茫。及僉憲于嶺東，而顯親之志揚。誦蓼莪以興嘆兮，陟岵屺而徬徨；盼停雲之藹藹兮，每撫膺而汪浪。解組歸山，廬墓盡傷。雖盗劫兮不去，殆終身兮不忘。鼎搆新亭兮，僅容几席；疏簾東啓兮，規制惟飭。扁曰慈雲兮，時展哀惕；坐起夢寐兮，永思無斁。追蔎枝之委謝兮，此夕何夕；喜田荆之並榮兮，左掖右掖。長椿晚翠兮，委蛇于山河；蘭芽玉苗兮，殊麟角而眼碧。俯仰敦倫，哀思罔極。望青柏兮凌霜，睹黄花兮墮石。風蕭蕭兮異響，雲漫漫兮奇色。掩金觴而不御，橫瑶琴而霑軾。盼蕊芬於几筵，馳精爽于墓側。上瞻椒燎，下臨泉石。墓門兮陰陰，脩隴兮寂寂。孤鳥嚶嚶兮悲鳴，長柯萋萋振翮〔一〕。浮雲兮往來，却寸兮前尺。絪絪縕縕，蒼蒼鬱鬱，非霧非煙，爲璋爲璧。巖谷霞流兮金枝玉葉，崗巒沃若兮瓊芳翠積，白露凝香兮皓月傅魄。諒儼容之感目兮，神何時而可適；尋平生於想像兮，窮目力而懷憶。步寒林兮生悲，觸萬類兮悽惻。年彌高兮念切，倚薄暮兮素瘠。嗚呼！彼何云斯，日惟東顧。曷若弭節安懷，妙思天賦。息哀齋心，精與神遇。寤大暮之同寐兮，何殷憂而泣路。奚早晚之矜怨，識俊傑之時務。將順天地之太和兮，培階庭之玉樹；衍義方之訏謨兮，占德星之相聚。罔非烏石之貽猷，式章太茹之鴻祚。雲兮仍兮，其復興兮。竚瞻裕後而光前，燦若璀璨之星布。

校勘記

〔一〕長柯萋萋振翮　據前後句式，此句似當作“長柯萋萋兮振翮”。

注釋

①委化：死的婉詞。
②紹：繼承。

卷九　原行_{弟九川校輯}

濂溪故里置義田案驗

欽差整飭郴桂衡永等處兵備兼管分巡上湖南道湖廣按察司副使陳仕賢爲優恤先賢後裔以勵風化事。

嘉靖二十六年二月十二日，蒙巡按湖廣監察御史高莭批，該：本道呈據道州申，准本州同知黃九皋關稱：先奉本府帖文，蒙本道并奉分守道俱批，據本府准通判周子恭牒：開前由帖①，仰本職即將兩道批發本府，問追祁陽縣永隆鄉犯僧劉紹華所遺田價銀柒拾肆兩柒錢肆分，就於濂溪故里并近月巖去處，照依時價，置買常稔田畝，給付濂溪故里子孫輪收，管辦濂溪舊祠祭祀，餘該分給故里子孫，不許因而侵分擅賣，事完造冊。繳報。等因。

奉此卷，查先該本職爲采訪先賢後裔以襃崇道學事。照得先賢濂溪道國元公周敦頤，生由本州營樂鄉。繼往開來，有功斯道，象賢崇德，推重明時。今裔孫周綉麟，承襲翰林五經博士，供奉濂溪書院祭祀；伊男周道生員，撥

廩助膳。及先經提學道查出本州洞明宮、雲龍寺廢田共
壹佰肆拾捌畝,備祭養廉外,惟濂溪故居子孫多有貧乏不
能自存,讀書者衣食不繼,務農者無田可耕,殊無以光昭
世德。今奉前因,備帖該都里老顏希孔、蔣鰲,并濂溪故
里通經童生周聯傑、周聯容等,前去該鄉置買。問據稟:
本鄉良田價貴,前發官銀,置買不敷。隨該本職查將自問
過送詞紙贖共貳拾壹兩零,呈奉本道,查處停當。議報又
該本職陸續召到近民熊朝賓等,願將接近濂溪故里田畝
出賣,會集里老并周氏各房子孫,眼同踏勘田畝坵段四至
明白。查將前因,照依時價共買過常稔田肆拾畝零陸分,
取各契領。在卷覆勘得:濂溪裔孫宗文一房生周繡麟并
周忠等貳拾捌名,又周世爵、周世祿、周一元,正德元年起
送九江府奉祀守墓訖;宗元一房生周綜等壹拾伍名;宗益
一房止存周真成、周真貴二名;宗祐一房存周必源、周大
育、周小仔、周六仔四名,俱流寓外境,并出養與人,今招
歸宗;惟宗孟、文華二房俱絕。實存見在子孫,除九江府
奉祀三名,及在城博士一房另有備祭養廉田畝外,故居子
孫大小見有六十名。將前買田畝坵段四至,備造小册四
本,用印鈐蓋,給付宗文、宗元、宗益、宗祐等,各領一本,
查照管業,輪房耕管,週而復始。每年租穀,大約捌拾餘
石。於濂溪故里祠堂近傍置義會一間,仍推年長公正一

人，公同收放。每年祠堂二祭，量共支穀或貳拾石，買備豬羊果酒。祭畢合宴而退，餘穀每人量給壹石。助贍尚餘之數，查內極貧者，量行加給。其買備祭享及看守義倉，俱輪管之人承認。庶使周氏子孫得以均霑實惠。博士已有備祭養廉田畝，止得與祭，不許重復侵管；各房子孫，不得私相分撥典賣。如有故違，聽州查究。及考得裔孫周聯傑、周聯容，見今習讀經書，頗曉文義，志向可進，況博士一房移居坊廂看守書院先賢故居，尚有故里祠堂缺乏衣巾奉祀，合無容令衣巾②寄名在學，仍於故居贊禮，是亦追崇先德，引進後學。爲此，今將買過田畝及議處緣由關州，開申到道，據此爲照。

崇其功者厚其報，思其德者封其樹。況於先賢之後裔乎？今濂溪先生子孫，博士世襲供祀，生員撥廩助膳，及給田壹佰肆拾捌畝，備祭養廉，所以崇德報功，爲濂溪先生而舉也。其故里子孫，均係濂溪後裔，不得一霑實惠，多至貧乏，不能自存，殊非所以昭先德以勵風化。今議將前買田畝，給與濂溪故里子孫，輪房耕管，公同收放，二祭支穀，餘穀給故里子孫。童生周聯傑、周聯容，容令衣巾寄學，祠堂贊禮。俱候詳允施行。爲此，今將前項緣由具呈，伏乞照詳施行。蒙批，據呈，誠優恤先賢後裔之典。俱依。擬童生周聯傑、周聯容，准行令寄學肄業。仍行提學道知會。撥田祭膳,亦如施行。繳。蒙此。

　　除行提學道③知會外,仰抄案回州。即將前買田肆拾畝陸分給與濂溪故里子孫,每年輪房耕管。公置義倉一間收貯租穀,推立公正年老一人公同收放。每年春秋二祭量支穀貳拾石,餘給故里子孫,尚餘之數查內極貧者量行加給。博士不得重復侵管,各房子孫不許私分典賣。該州仍每年終清查數目,附卷查照施行。仍令童生周聯傑、周聯容准行衣巾寄入州學肄業、祠堂贊禮,俱毋違錯。未便抄案,依准申來。

　　道字壹拾叁號　　　　　　　　右仰道州抄案

　　　〔半印〕

　　嘉靖貳拾陸年貳月

　　　優恤先賢後裔等事

　　　〔全〕

　　拾叁日副使陳　　押　　　　書吏　　李仁　　押
　　　　　　　　　　　　　　　　　　　張廷魁　　押

　　　〔印〕

注釋

　　①由帖:明代一種納稅通知書。

　　②衣巾:指士子的身份。

　　③提學道:地方教育行政長官。

建祠表忠以勵風教呈

直隸鳳陽府通判黃九皋爲建祠表忠以勵風教事抄。

蒙巡按直隸監察御史路可由批，據泗州儒學廩增附武生員杜平等通學連名具呈前事。蒙批，旌別忠義，表正風俗，世教所關，祠宇應否修建。仰黃通判議報：備行到職，及吊泗州，有行卷内，查得先奉漕運惠巡撫都御史韓□批，據該州舉人李公度呈前事。既查勘相應准行立祠緣由在卷。今蒙前因，查得：已故李紹賢①，字崇德，中正德丁丑進士，授行人司行人。其忠諫實行，具載于原任翰林院修撰舒芬所撰墓誌。内開車駕議以三月十九日壬子，警道東巡，祀岱宗，歷徐、揚、蘇州，泝江浮漢，登太和太嶽，且遍中土繁麗。人情洶洶，懼變叵測。宰輔而下，莫敢抗疏。惟時吏部張衍慶等、禮部萬潮等、兵部陸震、孫鳳等各小臣，連章乞留，而崇德以行人，同該司司副余廷瓚等，連名疏入，詞更懇切。寔正德己卯二月十六日也。諸臣待罪數日，至二十二日俱下獄，又梏跪午門外。諸臣切諫不止。四月十六日己卯，命黃鞏等六人午門前去衣打伍拾，徐鰲邊遠充軍，其餘爲民，林大輅、周敘、余廷瓚打伍拾、降三級、調外任，其餘打四十、降二級。時錢寧、江彬力主巡議，凌辱諫臣，誘用淫刑，以箝衆口。橫被拘囚，痛遭箠楚^②，一時善類，杖下死者：員外郎陸震，主事劉校、何遵，評事林公輔，照磨劉玨、行人司司副余廷瓚，行人孟陽、劉槃、李惠、詹軾，與李崇德，十有一人。而傷痛未起者，尚多也。四月二十四日死于杖下，歛于慶壽寺之僧房，惟二僕侍。一時倡義同志，悉楚于瘡，相伏褥，病不能問，死不及歛且吊，二僕奉柩歸葬。越四月，而孺人章氏遺娠生。今舉人公度職按：李崇德之志誠壯，而其衷誠爲可憫。在崇德所處之時，比諸臣又不易也。又伏睹皇上踐祚首詔內一款："正德十四年文武官員爲因諫止巡遊跪門責打降級爲民充軍等項，該部具奏，起取復職，酌量陞用。被打死者，情尤可憫，各追贈諭祭，仍蔭一子入監讀書。欽此。"續蒙吏部題奉聖旨："這各官跪門獻忠，責打身死，其情可憫。陸震贈太常寺少卿，何遵、劉校尚寶司卿，劉玨刑部主事，林公輔、余廷瓚太常寺寺丞，詹軾、劉槃、孟陽、李紹賢、李惠俱監察御史，仍各與祭一壇，依擬蔭録。欽此。"又伏讀嘉靖元年三月十五日詔書內一款："正德十四年文武官員人等因諫止巡遊已經各衙門奏請追贈蔭敍者，其父母妻室，不拘存歿，俱得受封贈；親老寡妻無人侍養者，有司量加優恤。欽此。"又伏讀嘉靖元年六月十二日皇帝遣鳳陽府推官吳璟諭祭文，有曰："惟

爾甲第登名，大行列職。先皇整旅，將俟南巡，伏闕上疏，
意期止輦。奸權搆禍，箠責身亡。追念忠誠，曷勝悼惜。
特加褒贈，延及後人。欽此。"又伏睹嘉靖拾玖年九月二
十四日奉天敕命內曰："效忠死職，固臣子之素心；酬德報
功，乃朝廷之彝典事。有關於風化，恩何恡於褒嘉。故行
人司行人李紹賢，性資英敏，志向高明，早登科甲之榮，業
傳家學；專領使華之重，望協官評。屬先帝之巡遊，合具
僚而諫止。群奸側目，惡焰熏天。橫被拘囚之辱，痛遭箠
楚而亡。式彰忠直之風，無忝義方之訓。朕當初載，念此
沈冤，可無寵名，以旌高節？茲特贈承事郎、監察御史，錫
之敕命。嗚呼！生皆有死，惟得死之爲安；名不假人，必
因人而示勸。揭清銜于渙號，昭異數於泉臺。祗服命詞，
永光來世。欽此。"又該巡按監察御史史成英、甯欽致祭
文略曰："高先生之名，不能復先生之生；安先生之得所，
未敢必先生之死。"又該巡按監察御史任洛、張惟恕各致
祭文略曰："武廟南巡，宗社攸繫。挺身連章，被杖以斃。
蹈虎尾以如歸，批逆鱗而胡惴。剛正感發，惟見義以樂
爲；忠愛奮激，雖知禍而羞避。"各文在卷。本職查奉前
因，未敢自信，仍遍詢訪于以禮致仕鄉宦陝西參政陳雲
松、工部員外郎張鶚，及舉人李紀，與夫州衛里耆、閭巷男
婦，莫不道其平日孝義懿行，亦且哭其當時忠諫慘灾。不

獨通學諸生爲然，是上而朝廷優恤之典，中而撫按致祭之文，下而鄉里悲號之情，如出一口，亦可見人心之同然，而非諸生侈美之私矣。是蓋一時義氣所激，善類傷殘，誠于國體，不能無損，然賴諸臣之諫。諸臣之死，而士氣少振，奸謀少沮，天心感動，南謀即寢。其憂君許國之忠良不可誣，而抗節直言之氣亦不多見。向使崇德之疏不上，則諸臣之氣未壯，鮮不爲權奸之所惑，武宗南巡之駕端不出于己卯之秋而必出于己卯之春矣。斯時也，逆濠覬覦于江右，權奸蠱惑于後先。五月犯順，江淮戒嚴，萬一震驚，誰執其咎？君子防患于微，天下陰受其福。追思忠諫之時，天地正氣，凜不可犯。宗社根本，幾危復安。崇德諸臣之功，其可少諸？是誠所謂以死勤事，禦災患于未形；屍諫格君，勞定國而不顯。揆之祭法，義類交孚。是固臣子之分所當爲也，寧知中庸之道民鮮能乎？在崇德，心安身裕，非有意于近名；在鄉評，吊古懷忠，能忘情于社祭？迺者義膽忠肝，埋香梓里，比心稽血，匹休古人。國俗聚于斯，每因時而有感；景仰有所在，則日久而愈親。要知通學所呈，出于諸生，若不克見之誠，殊非有所爲而爲者也。又訪得浙江蘭谿縣有褒忠祠及祭田，爲贈太常少卿陸震建。又訪得湖廣鍾祥縣亦爲贈監察御史劉槩建祠置田。則不獨泗之士子爲然，而各省蓋有先得之者矣。顧成仁取義,賢哲之素心;而激濁揚清,紀綱之首務。俯鑒諸生之誠,肇舉褒忠之典,非惟仰答前修,且以激勵後學。其于世道,不無小補。除本職查訪相同外,其餘營建規制,拓地興工,州衛查議另報。爲此,今將前項緣由,同似呈書册及原蒙批呈,理合具呈,伏乞照詳明示施行。

　　嘉靖貳拾柒年陸月　日

注釋

　　①李紹賢(1481—1519),字崇德。泗州衛人。正德十四年(1519),上疏諫勸武宗南巡,死於杖下。嘉靖初年,李紹賢得以平反昭雪,追贈爲監察御史。

　　②箠楚:拷打。

卷十　祭文

卷十　祭文第九川校輯

祭趙西廬正郎甲辰稿

嗚呼西廬，温温襟度，廬岳陽春；淵淵器識，長江彌淪；屹屹風節，劍峰嶙峋；皜皜操行，飛淙絶塵。固地靈而人傑，亦所禀之本純。皋等明侍省中，追陪工所。每見建白就功，方舟無我；裁冗核浮，肯綮當可；跋鼈風塵，幹理敢果；一餉不苟，自甘寒餓。雖貂瑠之與群，亦歉戢而自挫；方時事之有賴，遽一疢而遭禍。乃有拊床二孤，高堂白髮；碩果未仁，遺娠始達。死生契闊，言之嗚咽。顧俯仰之股須，胡彼蒼之降割。追惟仁和視縣，荆南乘傳；敝裘空囊，惟書數卷。易簀無以爲歛，虞辰無以爲薦。僚友過者，哀淚如霰。賻襚少將，聊以自見。萬里遠櫬，遥馳南甸；煢煢無依，諸孤弱媛。天日垂哀，陰風慘淡，雖麥舟之義，不乏同心；而綈袍故人，能無戀戀？嗚呼！不知者謂公之後苦于家寒，其知者謂公之守定于闔棺。抑天有意于諸孤，俾之拂亂于稚年，而有望于飛翰也耶？嗚呼！

匡廬之麓，彭蠡①之干。公之體魄，磐石斯安。公之榮名，鄉評弗諼。臨岐一誄②，以傾肺肝。英靈有知，請即和鑾。

注釋

①彭蠡：鄱阳湖。

②臨岐一誄：臨別之辭。

祭黄母張太孺人莆田翠岩年兄尊堂，癸卯稿

惟靈壺公清氣九華，淑質體素，含貞柔嘉。維則儒門之女，侍御之姊。早事尊章于太史氏，百順之孝，饋養多旨。冢婦稱賢，同聲閭里。既相夫子，早掇危科。廿八孀居，矢志靡他。伯也五歲，仲也褓阿。攻苦茹澹，以植遺孤，時艱守貞。有美共姜，于莆之陽。荻管以教①，丸熊是將。壺陰家學，久而彌光。山川發祥，神理咸畀。伯氏學成，仲氏登第。郡獄平反，霜威凌厲。秉節西關，闔外是制。曰有命典，曰有表章。養有餘禄，壽期求康。斯夕何夕，聞訃于堂。皋等年誼，罔不盡傷。嗚呼！心安志明，身榮意遂。雙璧之萃，反命無愧。萬古綱常，耿耿不昧。復志先生，含笑如在。

注釋

①荻管以教：出自宋歐陽修四歲而孤，家貧，母鄭氏以荻管畫
地寫字，教其讀書的典故。

臘月廿日會族告祖安土_{庚子稿}

四祖之繼起也，有膏腴世產以貽燕翼，有經書世業以
授後人。永奠崗陵而子孫千億，陰相默佑而雲仍迭興。
墓有喬木，莫之與京。過而瞻者，孰不羨故舊之足徵；後
有作者，孰不仰世澤之可憑。自皋等之不肖，而家法始
陵，潛越亂葬，有罪可聲，乃集舉族之人，以倡公論；申孝
悌之義，以曉人心。亂者改葬，以次削平；築之登登，百廢
皆興。上下有序，而等威以辨；名正分定，而卑高以陳。
自今亂葬之漸始杜，而歲事之修可仍。但兹事雖改正，而
藁梩之役，未免起土；祖宗之靈，無乃震驚。喜兹畢事，禮
宜告成，椒漿之奠雖微，而孝思之舉惟誠。冀我祖之有
知，時仿佛其來歆。佑善癉惡，而丕震厥靈；天長地久，以
保我後生。

祭揚封君_{懷遠人，戊申稿}

噫嗟南國，德懋祉完。既貴既富，有子有年。昔公幼時，學飽才兼。出而小試，衆讓着鞭。蚤譽早廩，累試累先。卜璞寡知，賢科竟淹。出教諸庠，所至蔚然。托齋知我，免於左遷。湯溪歸橄，明農在田。麟經教子，戒無畏難。謝絕時説，獨究遺編。卒也自得，鏖戰無堅。甲午乙未，萬選青錢。屈父伸子，理數自天。乃令海寧，乃調歸安。咸就迎養，孝思永言。考績恩封，如其子官。户曹歷職，恩命再宣。遐齡顯錫，天語爛篇。僉憲東海，復就萊班。道過安陵，故人來看。引杯話舊，白髮蒼顏。一時奇遇，非復人間。如彼輪迴，胥慶交歡。猗歟盛事，人生所難。八十有八，乃上昇儒。公之福履，豈不具全。人于何羡，天于何慳。皋等始至，入境問賢。則聞荆塗之麓，有人瑞焉。懷想其人，具爾仰瞻。幾欲就見，而逢公之就養於濟南。山斗在望，邈焉難攀。忽爾訃至，兼睹狀言。捧誦嗟悲，洵不可以無傳。乃會僚友，相與集言。陳觴列肴，爲公發潛。神之聽之，含笑莞然。

祭劉望岑母李太孺人 鳳陽人，戊申稿

　　嗚呼！母以教子爲義，教以顯親爲功；顯以克享爲福，享以壽考爲終。若孺人者，非兼之者耶？賢即望岑，厥初在躬。聞以胎教，繼以養蒙。肆惟望岑，才劍氣虹。朝庠暮廩，連捷南宮。令名速成，鄉評罕聞。出宰山陰，式遄奏公。徵入憲部，執法靡容。乃貳許昌，民和政通。復歸南省，允也秩宗。僉憲齊魯，外臺生風。凡若此者，孰非慈幃之教，而豈但有母之尸餐。古之賢母，教德者以三遷，教勤者以丸熊，教才者以瘠土，教文者以荻叢。越今孺人，可與諸母而進蹤。惜也！伯也不壽，宿草在塋。乃教季氏，力學三冬。干將發硎，楛矢釋弓。劉氏有子，一再稱雄。盡賢母之遺澤，而孰云其有窮。翟冠霞帔，紫誥褒封。受之者真無愧，而睹之者有餘容。年幾中壽，乃下從翁。斯人生之正命，而五福之考終。在孺人其何恨，而或猶未見季子之從龍。皋等守官茲土，職在和衷。聞民間男女之賢者，義合表之以樹邦人之風，況今孺人昭昭德隆。繐帷在堂，陳此哀悰。惟靈爽之如在，當歆聽而惟顒。

祭張孺人戴氏文侣山掌科尊室甚賢，戊申稿

嗚呼惟靈！君子之相，閨門之刑；鵲巢之義，敬姜之朋。始時張公，混迹諸生，下帷發憤，書薈夜檠。時惟孺人，苦澹備膌；斷機示勸，舉案平衡。是以夫子得肆力於文章，而有大賢之名。繼也張公，科第聯榮，論刑執法，先婓後登。時惟孺人，内贊司平；皋陶淑問，徐杜求生。是以夫子多平反於論讞，而有長者之稱。張公名起，徵入諫垣；孺人相之，直振朝端；紀功雲朔，私不可干。人知張公邦之司直，而不知内助之孔賢。張公秉直，竟以失官；孺人相之，欣然南還；糟糠復茹，四壁蕭然。人知張公不改其樂，而不知井臼之有緣。至於爲繼室而孝於前人之母，爲後母而慈於前人之兒，此尤人情之所難者，而僅於孺人見之。嗚呼！母儀克萃，婦道無遺，謂宜百年眉壽，享有百禄之奉。胡遽溘焉委蜕，奪此邦婦之師迹，其所以又莫非委命從一之道，合乎存順没寧之辭。蓋初也夫君在邊，聞警報而種疾；繼以從公于邁，罹劇寇而瀕危；後斬關於家門，遂恐傷而不醫。嗚呼！孺人逝矣，而臨難應變，乃能脱簪珥、捐翟茀，以免夫君之難，是誠急夫後身之義，猶足以鎮浮而厚漓。皋等職叨守土，辱教侣山；昔也斬關之

警，能無厚顏。宅兆既卜，發引難扳。痛婦道之失師，惜君子之多艱。跪陳詞而薦醑，或靈爽之俯監。

祭泗州李大行戊申稿

　　昔我毅皇，警道巡江。孽臣操柄，風巫政龐。先生倡義，同志連章。筆如長杠，志肅秋霜。顏犯氣烈，義切詞昌。諸賢一心，百鍊之剛。比逢伏闕，星斗寒芒。天威不霽，廷杖而亡。死也誰愛，事寔讁張。鴻都逆覬，江防未康。盤遊南甸，策匪苞桑。誠臣憂國，思患未將。回天止輦，我心則降。事出不測，咎將孰當。我躬不閱，以振頹綱。碎首輪下，借劍尚方。氣增臺省，膽落貂璫。相顧失色，且戒勿揚。先生之死，休烈有光。百身莫贖，萬古遺香。天心感格，南謀始息。默運神歆，坐安友側。江南晏然，不知供役。伊誰之力，邦之司直。司直逝矣，聞者廢食。三日始歠，弔悉深墨。元振重義，范舟付麥。旅襯南還，形影相適。梅實未仁，莫捧虞栗。忘私殉公，愚不可及。天道有知，遺娠迺息。四月送麟，九霄風翮。天皇御極，渥典頻錫。乃有任子，或加廩給。諭祭泉臺，贈銜憲職。敕命龍蟠，重光金冊。度也秋闈，名登士籍。□也五年，恩承世嫡。身後遺祥，諸福畢集。瞑目九原，垂芳鼎

223

石。心安德全，而康而色。回首孽臣，雷霆孔痖。悖凶修吉，理數靡易。皋備員中都，采訪懿實。死事捍災，以勞定國。祭法允孚，廟俎新飭。陳詞奠漿，著愨舒臆。永扶正氣，以昌國脉。

祭李參伯雙峪_{癸丑稿}

嗚呼雙峪，三秦豪傑，四海胸襟；山東文柄，全浙來旬。華峰仙掌，不足擬文章之麗；甘泉清涇，不足擬狷介之貞。泰山日觀，不足擬藻鑑之哲；浙水雁蕩，不足擬惠澤之深。詩神妙墨，杜陵逼真；奇思逸發，謝眺驚人。胸中兵甲，小范之倫；俯仰事業，堯舜君民。胡爲乎命迍，胡爲乎上賓。文章式于士類，德澤浹于民心。秉德立教，揚名顯親，則亦不可及矣。七歲遺孤，渥駒丰神；萬里遠襯，麥舟何人。皋山居驚悼，匍匐哀呻。靈輀既駕，歸于渭濱。河洛風塵，車聲轔轔。同袍之士，孰無此心。植孤葺檎，勒之貞珉。死而不朽，未爲全貧也。嗚呼哀哉！

祭親母吳孟何

惟靈司空之孫，公子之息，中丞之甥，司寇之姪。憲

察佳婦，君子良匹。巨室名家，金枝玉葉。秉德全貞，休
聲淑質。生長閥閱，知艱稼穡。世禄豐腴，慎乃儉德。善
事尊章，小心翼翼。克相夫子，柔嘉維則。茹荼握籌，不
皇寧夕。無成有終，以殷家室。訓女以道，教子有易。均
愛慎授，養蒙端育。日望成人，以逮百福。蠢子世厚，葭
莩倚玉。出自衷裁，樂意所屬。道揚末命，于歸宜速。手
澤具存，眷注靡篤。憑几授顧，恩海那掬。嗚呼！泰水慈
源，雀屏蓉褥。親結其縭，惟日不足。厚幼驕痴，學未稱
服。寡昧承恩，胡慰坦腹。念某役官，奔走微禄。戒行在
邇，期會所趣。令子于歸，厚兒隨北。辭靈有期，拊膺慟
哭。登堂跽陳，一卮醹醁。英靈如在，鑒我心曲。

祭道州許远濂母 丙午稿

　　惟靈名門之媛，君子之敵。幾穎含貞，柔嘉維則。早
相君子，金門獻策。天下平反，邦之司直。鳳蕭聲遠，鸞
鏡幽寂。二孤煢然，千里匍匐。大事既襄，永矢四德。茹
荼操家，教勤杼織。永夜丸熊，勁書畫荻。經業傳家，聲
名炳赫。伯氏鳳髦，九霄風翩。仲氏泮遊，百夫之特。端
擬泥金之報，方來珠翟之錫。豈意銀燭風殘，高堂月黑。
賢母在殯，斯夕何夕。嗚呼！結褵初懂，未足魚軒之樂；

柏舟晚節,乃踰古稀之曆。頷問繞膝,椒聊繁實。金簡玉册,榮封指日。體受全歸,心安意適。反命無慚,兩璧斯集。令子純孝,荒迷深墨。素車千輛,堵觀盡戚。皋等徐郭同心,生芻一束。凱風吹棘,哀思靡極。

祭妻外祖沈敬齋翁 庚寅稿

惟翁文章立命,道義飭躬。英聲蓋世,和氣可宗。臨仕憲使,衡岳春風。解冠鑑水,樂道瀼東。挺生驥子,千里之雄。生有餘榮,死有遺容。皋也何幸,眷戀于衷。忝為甥婿,嘉愛所鍾。天胡不祐,吾道云終。嗚呼元老,雖死胡傷。文星殞矣,後學皇皇。幸教言之在耳,而佩服之不忘;念素履之無咎,而私淑其善良。翁無念我矣,我當樹立以自強。有子能笑,有婦頗臧。勉圖春薦,以慰夙望。翁其有知,庇我吉祥。嗚呼! 幽明永隔兮西風夜涼,顧瞻遺烈兮寒月滿堂。乾坤有淚兮白日飛霜,歌此奠辭兮侑我一觴。

祭吳潤翁陳外母文

翁在杭郡為隱君子,為道義宗,屢杖頤遊,而一時冠

冕，莫不想慕其風。上壽考終，而人之望猶未窮也。皋視
世人，華常有餘，實常未足。流之成風，習之成俗。色屬
相觀，病我耳目。惟有君子，大雅所屬。盇承一庵翁家
教，而大中丞思庵公猶鍾愛焉。伯丈分爨，讓豐居廉。含
章委任，貤後周旋。女孫失所，奪授生員。今教大埔，不
絕如綫。林甥詿誤，捐軀覆護。代姊雍樹，忘其家務。諸
甥析居，適逢初度。千金主分，舍而不顧。南坦司空，江
樓錢公，丰采稜厲，朋友罕容。棋尊談笑，義聚冠縫。出
入不舍，異姓稱兄。心許神融，殆非面從也。群季昆玉，
袍笏滿屋。可可否否，一言胥服。好賢禮士，宗于西谷。
和鄰睦族，澹庵忠告。南岑參伯之適嶺東也，舍車步謁，
乃過家塾；萬松侍御之歸省也，三院登山，田租自復。龍
江憲副，所敬惟叔，白諸監司，代請迪功之服。青陽繼泉，
後來諸公，林立芳躅，敬禮彌篤。論理必析其奧，論事每
剖其曲。和鄰合族，小大敦睦。蓋有守者正，而舉動自拔
乎流俗也。憲察郡守，屢請賓筵，隱操不屈，遜避益堅。
一時車轍，知重曲旃。賓寶鄰白，問禮問年，座上客滿，尊
中不乾。素性節儉，恤貧性然。捨棺解衣，分糜授錢。給
孤憐□，施之無邊。封里翁陳，翁之外君。成化乙酉，鹿
鳴發身。歷官光州，岳母乃娠。相攸歸翁，百順如賓。五
子六女，一視同仁。舅氏卓犖，冠于群倫。十城選貢，養

于成均。指日顯大,貤封有辰。齊眉皓髮,媚于萱椿。翁曾携友,爇香齊雲。東橋尹歙,侯之更勤。不語時事,奔軼絶塵。歷遷司寇,入門頗頻。始終清白,稱服大人。高姨嫵操,郡人所欽。翰學疏請,屢止勿陳。天分高古,要于全真。朗峰孝養,交如飲醇。三峰作守,門之白申。袁化祝丈,向往日新。皆翁母義方所及,而宗屬因不失其親也。泰山喬岳,自爾具瞻,而皋嶇嶁若拳。古柏長松,風濤雨喧。老態逸韻,飄脱天然,而皋蔦蘿是緣。況歷三世年誼,仰辱知遇。昨春枉顧,酌我村醴。曾不數月,雙壽不起。梁頹水竭,鄉邦哀止。發引有期,吊者如市。龍井之山,龍井之水,翁之素心,風味都似。我率婦子,及我諸第,生芻一束,登拜清几。有子有孫,雖死不死,英靈有知,含笑而逝。

祭朱母

丁未倅濠,公出彭城。同野兵憲有修誌之役,部使梅宛溪薦賢即三竹,預秉筆焉。舉賢別慝,興利刺弊,靡或不公,可以占母氏之家學矣。戊午春,三竹來司學訓,誘掖諸士,慈惠成就,必欲與人,同入于善。人則有言:孝廉朱師,日侍慈顔,百順生悦,門巷清閒,待人無忽,可以占母氏之家教矣。壽登八旬，養有庠俸，布素澹泊，令德考終，慶門休澤，我知其無窮也。蕭士失式，爲我心惻。率我弟子，及我諸姪，臨風一奠，別淚沾臆。靈輀既駕，往即幽宅。含笑長逝，雲龍山北。

祭吏部施封君封母施太孺人

　　嗚呼公祖，義方之宗，顯揚之榮。貽謀之裕，壽考之終。福全人世，心與天通。我借華翁，宰蕭三冬。均里平賦，矜恕通融。請帑掄材，屹立崇墉。容保豐植，惠此疲癃。傳經啓義，諸生景從。汲引晚進，休休有容。薦賢自代，指授民功。後先一心，克成厥終。皆由胎教，預于養蒙。肆惟華翁，海立詞鋒。裁雲剪雪，清廟球鏞。霜刃小試，枚之南宮。衡平型治，武接夔龍。貤封綸綍，令服華躬。高堂齊壽，聞顏之童。胡遽相繼，仙化長風。基有後命，丹臒宗工。嗚呼！九華天表，懨駕空濛。茫茫下土，景仰騎龍。

卷十一　雜著_{弟九川校輯}

臨淮遺事_{戊申稿}

　　盛瀧①,字源之,蕭山十五都人。自幼甘貧好學,不爲富豪鄉族利誘,時人稱毅齋先生。

　　弘治辛酉鄉舉,正德戊辰進士。筮仕臨淮令,守己律下,興利除害,流賊猖獗,輯寧有道,濠人至今思之。陞太僕寺丞,馬政閑佶,常例不染,清苦自勵,重于時輩。出知廣西南寧府,上下相接,悉如憲綱,厨傳廩役,多所裁抑。藩臬有因而得罪者,頗不自堪,致政歸家,杜門讀書,恂恂如儒生。衆共惜之,自處澹如也。素性剛介,事繼母至孝,閨無婢妾,衣無紈綺。非有公事不履城府,市井慕其名而莫識其面。居第湫隘,巡按唐鳳儀欲葺之,辭不可。貧無宿積,饑歲以麥自給。濠上士民念先生苦節,乘軺院陳世輔按浙,鄉會致意賙助,請至西湖數日,不談時事。及東巡也,巨商載千金,冀免罪,納交子弟。公曰:"豈以私囑坊公法?"陳公再三示所以加厚之意,固辭不答。強之，曰："敝廬饘粥，自能給之。身外長物，非所慕也。願愛我以德。"陳公歎服而去。濠人相傳，益重先生。清操出於天性，老愈辛辣若此。

後十年，邑人黄九皋倅濠，訪陳公故廬，逾年再訪，草廬亦蛻于民家。二公鯁介拔俗②之標，不爲榮身肥家之計，聲應氣求，後學瞻仰。因述臨淮遺事，以貽濠上士君子云。

注釋

①盛瀧，正德戊辰進士。初知臨淮，終南寧知府。爲人正直無私。

②鯁介拔俗：有志節而不與世苟合。

跋王近竹挽詞後 丙辰稿

越中九庠，人文詞藝，聲于海内，海内學者每歸心焉。間有持師友短長以凌朋輩，覷縣官可否以誇里閭，是風良不能去。

節夫王近竹，獨以忠厚立心，恭讓爲禮，黮難辨析，觸解縷分，師友益心敬之。爲經義，有意趣，承先訓，撫孤姪，衍義方之教，堂上嗃嗃，庭幕雍雍。至于急周師友，難

恤矜寡，賦先公府，事必先己後人，利必務義安命。市廛
慕而法之，雖三尺童子皆稱曰"王三先生"。嗚呼！近竹
之居家居鄉、于師于友，皆足取信，重惜其屢試不第，而施
之不博也。清時需士甚急，得若而人布列庶僚，或典教
化，端令貪夫廉、薄夫敦，人才世道，不無少補，而齎志以
歿，惜也！神龍潛深淵而薄玄宇，行雲施雨，潤澤八荒，皆
魚之化也。然化者常少，不化者常多。化則龍，龍則雨；
不化則不能龍，不能龍亦不能以雨矣。點額暴腮，容非數
耶？士之素養冲粹，而終不遇，遇而不得竟其所施，豈惟
近竹然哉？

　　近竹世系行實及卒葬之期，詳于近山金太史之誌意
氣哀誄。邑人更能含之，予惟憫其謹愿而惜市廛觀□之
乏人也。籲天莫及，泣書簡端。

大司成六峰先生行狀<small>辛酉</small>

　　國朝敦崇太學，首建司成，文明以止，昭回普究。我
浙慈谿陳公、楓山章公、方石謝公，嗣照聯聲，重于海宇，
信無愧于翰林之盛選矣！越與者，六峰周先生。溫純爾
雅，沉晦謹飭，自幼習静，時然後言，動必以儒賢爲準。學
以窮理爲先，博物洽聞爲務，正心修身而措之天下爲期。

家貧，饘粥自供，韜燈默誦二十六領。丙子鄉薦，丙戌第進士，授行人。公竣之暇，存心注目，惟在經史。銜命册封，王重公德望，盛享數四金幣之餽，悉封還之，義正詞嚴，宗藩無不敬止。居長樂翁喪，哀毀踰禮，人咸戚焉。壬辰冬，改河南道監察御史，抗直不阿，掌院事汪公幾不能容，時論直之，改翰林院編修。同進士八人皆速化早謝，公恬淡自若不求人知，衆推重焉。陞修撰，好學不倦，墳典必精，慮善以動，規矩皆中。悉心道義，餘力見於文章。人以美談，日聞休譽。預修國史，日侍經筵，蒙金綺襲衣之賜，人皆榮之。乙未會試經考，多得名士。丁酉，居潘太孺人憂，遵制罕出。鄰郡有贓敗者，千金求救，拒之曰："薄禄足養。何取不義之富？"山僧野老，日夕瞻候苦次，恂恂如儒生，無惰容也。服免，起復任癸卯順天鄉試。時宰以二子托先生，力辭不敢預。事後果露，下朋庇者獄。縉紳重先生之見幾明決云。甲辰春，遷國子司業。時少師徐存翁爲司成，同心協恭，長養士類，痛抑靡文，崇尚典雅。文章節義，一時欽仰。監中錢糧，制不稽查。先生以積久紅腐，計其餘，輸兵部給餉，人服其廉。冬，加左春坊右中允。丁未，陞祭酒。素禀嚴重，能任大事，避遠權勢，不可干以私。人有謗言，輒引咎省過，未嘗自辯。言官以非罪論公，士論辯白，得復供職。先生以師儒重地，義合遜避，遂引疾歸。歷官二十餘年，未嘗爲家計。歸休之日，敝廬一椽，風雨不蔽。鄉人閔先生之無所棲也，僦郡城空房，居之十年。門人福清翁世經來參浙政，謀諸石屏胡參伯、仙臺李郡伯，而周助焉，始有居室。吟哦其間，油然自得，無外慕也。嗚呼！先生文學，爲越立幟名家，居鄉澹薄。首相嚴介翁、徐存翁書慰岑寂，先生安分養靜，無書于進，可以觀其素守。東坡先生謂：宋天聖、景祐間，士之論卑而氣弱。自歐陽子出，天下爭自濯磨，以通經學古爲高，以救時行道爲賢，號稱多士。歐陽子之功爲多。先生司文衡于乙未，首得大宗伯西野李公，及方伯一水翁。公稟靈中和，履道元吉，士林崇重，山斗具瞻，功不在六一之下；而質直蒙謗，引咎乞身，與六一先生被彭思永、蔣之奇之論，略相似。及居鄉也，不歸故里，而寓郡城，與六一先生舍吉州而居穎昌，亦頗類之。越士謂先生六一後身輪迴之說，未審有之否也。

先生曾大父諱端，始自温瀆鄉居後焉。正統間，出粟數千賑飢，有司聞之朝，遣行人廖莊賜敕，旌爲義民。之京謝恩，鄉大夫詩文餞之郊。太常餘姚徐公恒曰："君惠民普矣！必有食其報者。"踰二十年，弘治壬子，生公焉。大父海，義方教諸孫。父諱楫，號長樂軒。雅志教子，隆師親友，無間寒暑，膏粥蔬醴，靡或不備。自教子外，一無所事，雖蕩産弗顧。先生與伯兄蓮渚公，得以肆力于學，聯飛並起。蓮渚公名文燦，正德庚辰科進士，任刑部正郎。先生名文燭，字伯門。皆潘太孺人出。長樂翁以先生貴，贈翰林院編修。越人教子，率藉口作法。先生娶劉氏，贈孺人；繼娶秦氏，封孺人。子應荐，庶王氏出，娶王氏白溪光禄女；次應朝，秦所出也，聘吴氏。秦女三：長適太學生陳楫，次配蟊子世乎，次納上虞葛□聘，大廷尉葛□翁之孫。孫男如玉、孫女□□，應荐出。生于弘治壬子六月初一日□時，卒于嘉靖乙未四月十一日申時，享年六十有七。所著有《六峰稿》行于世。是冬十月廿四日，葬安昌南畈。平生俸餘，僅買安昌寺田二畝□分葬，遵遺命也。

廢寺荒村，蒼烟衰草，尚缺表墓之石。追思大漸之際，握世乎手而祝之，更期之。顧孚薄劣，莫承德意。謹拾戚族行實，具狀如左。仰懇明賢大筆，以彰潛德。

朱石峰鄉飲圖

國朝優禮耆老而致殷勤之意者，非徒尚齒已也。將引領儔輩翊贊風猷，俾薄海内外敏德向化，無俟法制禁令驅迫。而坐鎮雅俗，相讓成風，隱君子之功爲多。蓋其耆年道誼，恒加于尊爵之上，而巖居穴處，丹崖青壁，自足以激礪鄉俗，而遠近景仰焉者。此三老五更所以任侯王之師，饋漿執爵，祝哽祝噎，古之制有自來矣。鄉先生梅軒按察使之曾孫朱石峰，詩禮矩鑊，式德象賢。自髫齓[1]時，穎異秀拔，長遊邑庠，行業重于時輩。苦于數奇，志弗獲展。嘉靖癸巳，覃恩海内，錫儒生年長者冠帶榮身，石峰與焉。夫積學登庸，爲王侯師，宜無不可以此自榮。若不滿者，然行無過動，心無越思，恬愉冲夷，處之晏然也。鄉間之人，相率質難于石峰。而觴詠詩歌，吟泉弄月，春風沂水，童冠偕行，人以陳太丘、王彦方目之。蓋蕭之隱君子，得古人之風者矣。視篆杜君及三邑博因庠友薦而崇獎石峰之行義也，踵門敦請，以大賓之禮，禮之于學宮。學宮之人濟然而迎者，皆謂得人焉；鄉之人濟然而觀石峰之爲賓，皆謂如賓禮焉。仰承殷勤之意而無難色；俯視將迎之盛而無慊容，若固有之者，賓而歸也。

學宮諸友及鄉之人繪之圖以爲賀，而徵言于予。因述衆説而敘之，愧衰筆無以揚盛事云。

注釋

①髫齓：幼年。

圖書在版編目(CIP)數據

黄竹山人集 /（明）黄九皋撰；陳志堅點校；蕭山區文物局，蕭山區檔案館編. 一杭州:浙江大學出版社，2024.6
ISBN 978-7-308-24914-0

Ⅰ.①黄… Ⅱ.①黄…②陳…③蕭…④蕭… Ⅲ.①中國文學－古典文學－作品綜合集－明代 Ⅳ.①I214.82

中國國家版本館 CIP 數據核字(2024)第 088781 號

黄竹山人集

〔明〕黄九皋　撰　陳志堅　點校
蕭山區文物局　蕭山區檔案館　編

責任編輯	蔡　帆	
責任校對	徐凱凱	
封面設計	周　靈	
出版發行	浙江大學出版社	
	（杭州市天目山路 148 號　郵政編碼 310007）	
	（網址:http://www.zjupress.com）	
排　　版	浙江大千時代文化传媒有限公司	
印　　刷	浙江海虹彩色印務有限公司	
開　　本	880mm×1230mm　1/32	
印　　張	8	
插　　頁	2	
字　　數	187 千	
版 印 次	2024 年 6 月第 1 版　2024 年 6 月第 1 次印刷	
書　　號	ISBN 978-7-308-24914-0	
定　　價	69.00 元	